AF202923

Anke Schönle

Wie einen seine Mutter tröstet

© 2019 Anke Schönle

Lektorat: Faridah Younès

Umschlaggestaltung: Wendy Phillips

Foto: Julia Theobald

Verlag & Druck:

tredition GmbH, Halenreie 40-44, 22359 Hamburg

ISBN

Paperback: 978-3-7482-7814-6
Hardcover: 978-3-7482-7815-3
e-Book: 978-3-7482-7816-0

Kapitel 1

Alexander Senne öffnet die Akte, die vor ihm auf dem Schreibtisch liegt. Sie ist mit einem Post-it als „dringend" markiert. Er überfliegt den Inhalt: 21 Jahre alt; mehrere Vorstrafen wegen Ladendiebstahl; Schlägereien; in Untersuchungshaft, weil er einen Mann mit einem Messer verletzt hat. Soweit nicht ungewöhnlich. Und dann: hat vor sechs Tagen aufgehört zu essen und seitdem mit niemandem gesprochen. Selbstverletzendes Verhalten. Alexander greift zum Telefon und bittet den Beamten, den Häftling bringen zu lassen. Er studiert noch einmal die wenigen Informationen, die er bis jetzt hat. Das Bild, dass sich ergibt, ist widersprüchlich und lückenhaft. Er atmet tief durch. Neue Patienten machen ihn *immer* nervös. Dieses kleine Flattern, das er insgeheim „Lampenfieber" nennt, weil es sich anfühlt, als ob er gleich eine Vorstellung geben wird. Was schließlich auch stimmt. Der erste Eindruck ist nicht unabänderlich, aber er ist wichtig. Der Junge will vermutlich nicht mit ihm reden, und es besteht eine gewisse Wahrscheinlichkeit, dass er auch nicht reden *wird. Der „Junge" ist 21 und gewaltbereit,* ruft Alexander sich in Erinnerung. Er schließt das Fenster und krempelt die Ärmel seines Hemdes ein Stück hoch. *Sehr symbolträchtig.* Alexander schmunzelt in sich hinein, wird aber ernst, als es klopft. Showtime.

Der Junge sitzt Alexander seit einigen Minuten schweigend gegenüber und hat ihn nicht ein einziges Mal angesehen. Schlank, fast schon zu dünn. Seine langen schwarzen Locken fallen ihm ins Gesicht, und das ist kein Zufall. Die Knöchel seiner rechten Hand sind aufgeschürft. Seine Körpersprache ist extrem abweisend, und er zittert kaum merklich. Sein Blutzuckerspiegel muss bedenklich niedrig sein. Der Junge hungert sich zu Tode. Alexander hasst es, Patienten zwangsernähren zu müssen, aber in manchen Fällen gibt es keine andere Lösung. Der Junge ist nicht mehr sehr weit von diesem Punkt entfernt. Alexander atmet durch. Vorher wird er alles andere versuchen.

„Was ist vor einer Woche passiert?"

Der Junge hebt abrupt den Kopf und starrt Alexander einen Augenblick lang an. Er wirkt verwirrt. *Er denkt, ich müsste das wissen. Dass es in seiner Akte steht, was auch immer es ist.*

„Benjamin, ich weiß nicht, was passiert ist. Ich weiß nur, was Sie mir erzählen."

Er hat versucht, herauszufinden, ob Benjamin damit einverstanden ist, dass er ihn beim Vornamen nennt, aber keine Antwort bekommen. Also hat er beschlossen, seiner Intuition zu folgen. Sie sind gerade mal neun Jahre auseinander, allerdings fühlt es sich nach mehr an. Benjamin wirkt jünger als er ist.

Benjamin Godan sieht Alexander an, ohne ihn wirklich zu sehen. Er beißt die Zähne zusammen und schweigt, und dann senkt er den Blick. Und plötzlich erkennt Alexander, was hier gerade passiert: Benjamin kämpft mit den Tränen. Versucht tapfer zu sein, tough, keine Schwäche zu zeigen, diesem Fremden gegenüber, dem er nicht traut. Warum auch. Das ist der kritische Moment. Alexander könnte abwarten, oder er könnte versuchen, ihn zum Reden zu bewegen. Er beugt sich vor.

„Es ist Ihre Entscheidung, Benjamin", sagt Alexander betont sanft. „Ich würde Ihnen gerne helfen. Aber Sie müssen mich helfen *lassen*."

„Ich gehe in den Knast", presst Benjamin zwischen den Zähnen hervor. „Für gewöhnlich sind die Leute nicht sehr geneigt, mir zu helfen. Warum sollten sie auch."

„Noch sind Sie nicht verurteilt. Und es ist mein Job, Ihnen zu helfen."

Benjamin antwortet nicht, aber es ist offensichtlich, dass er mit sich ringt, versucht, eine Entscheidung zu treffen. Als er endlich doch etwas sagt, ist seine Stimme tonlos und so leise, dass Alexander es fast überhört hätte:

„Vor acht Tagen ist meine Mutter gestorben. Sie hatte einen Unfall. Ihr Auto -"

Er schließt die Augen, die Lippen fest zusammengepresst. Er schluckt und zwingt sich, weiterzusprechen:

„Sie war auf dem Weg hierher, um mich zu besuchen. Mein Vater – sie hatten einen Streit, weil er nicht wollte, dass sie herkommt. Er findet, ich hab' das nicht verdient. Sie war deswegen aufgewühlt und hat nicht aufgepasst."

Benjamin sieht Alexander direkt an, und sein Schmerz ist fast greifbar.

„Sie ist tot. Ich hab' das einzig Gute verloren, was ich hatte, und es ist meine Schuld."

Alexander muss einmal tief durchatmen, um seine professionelle Distanz nicht zu verlieren.

„Ich kann Ihnen helfen, damit umzugehen. Ihren Verlust zu verarbeiten."

Benjamin schüttelt den Kopf.

„Ich brauche keine Therapie."

Alexander deutet mit dem Kinn auf die Akte, die zwischen ihnen auf dem Tisch liegt.

„Sie benehmen sich nicht gerade wie ein psychisch stabiler Mensch, oder?"

Das hat Benjamin ganz offensichtlich nicht erwartet. Gut. Alexander hat seine Aufmerksamkeit. Er soll nachdenken, reagieren. Alexanders Stimme ist ruhig, aber eindringlich:

„Reden Sie mit mir. Ein paar Sitzungen, bis Sie wieder stabiler sind."

Lange Zeit passiert gar nichts, zumindest äußerlich nicht. Für Alexander ist es aber offensichtlich, dass es in Benjamin arbeitet. Und dann fällt der Junge eine Entscheidung. Fast unmerklich entspannt er sich, atmet aus.

„Von mir aus."

Alexander lächelt ihm zu. Na also.

Kapitel 2

Am nächsten Tag redet Benjamin noch immer nicht viel, aber immerhin fängt er wieder an zu essen. Ihre erste reguläre Therapiesitzung verläuft so, wie erste Sitzungen immer verlaufen: Alexander erklärt, wie er arbeitet, versucht, Benjamin nicht zu drängen, macht ihm aber klar, dass er seine Kooperation erwartet.

„Fangen Sie klein an", sagt er und lächelt in sich hinein. Wie oft hat er diesen Satz schon gesagt?

„Sie müssen mir nicht alles auf einmal erzählen. Aber erzählen Sie mir was. Erzählen Sie mir, wer Sie sind."

„Steht das nicht in der Akte?"

Alexander lehnt sich zurück.

„Nein, das steht nicht in der Akte. Die Akte besteht aus gesammelten Daten Ihre Person betreffend. Ich möchte wissen, wer Sie *sind*."

„Ist das ein Unterschied?"

„Absolut!"

Alexanders Nachdruck scheint Benjamin zu überraschen. Alexander schmunzelt.

„Tut mir leid. Ist ein Steckenpferd von mir."

Als Benjamin ihn einfach nur ansieht, wird sein Lächeln breiter.

„Sind Sie sicher, dass Sie das alles hören wollen?"

Der Junge wirkt unsicher, aber Alexander beschließt, dass sie genauso gut damit anfangen können wie mit irgendeinem anderen Thema.

„Der Schwerpunkt meiner Forschung war das Thema Selbstbild. Eigentlich ist es das noch immer. Wie jemand sich selbst wahrnimmt im Gegensatz dazu, wie andere ihn wahrnehmen. Oder, um genau zu sein, in Ergänzung dazu. Sind Sie noch bei mir?"

„Ich bin schlauer, als ich aussehe."

Alexander grinst.

„Ich wollte Ihnen keinen Mangel an Intelligenz unterstellen, höchstens vielleicht mangelndes Interesse. Tut mir leid. Mutmaßungen anzustellen ist unprofessionell."

„Okay, Sie wollen, dass ich Ihnen etwas erzähle, das nicht in der Akte steht, ich persönlich aber für relevant halte."

Der Junge kann sich ausdrücken.

„Genau."

Benjamin atmet tief durch.

„Na ja, dafür müsste ich erst mal wissen, was in der Akte *steht*, oder?"

Alexander ertappt sich schon wieder bei einem Lächeln. Ohne in die Akte zu sehen sagt er:

„Sohn eines Offiziers im Ruhestand und einer Künstlerin, Lehramtsstudent, ein älterer Bruder bei der Bundeswehr."

Er macht eine Pause.

„Ihre Mutter ist kürzlich verstorben. Das tut mir sehr leid, Benjamin. Möchten Sie über sie sprechen?"

„War der Plan nicht, dass wir klein anfangen?"

Alexander nickt.

„Okay. Also, was muss ich über Sie wissen?"

Benjamin beißt sich auf die Lippe.

„Also zuerst mal gehe ich nicht wirklich zur Uni."

Alexander reagiert nicht. Er wartet ab.

„Ich meine, für eine Weile schon, aber dann -"

Er zuckt mit den Schultern.

„Hat es Ihnen gefallen?"

Benjamin blickt auf, überrascht, dass Alexander nicht nach dem Grund fragt. Er nickt und atmet nochmals tief durch.

„Ja. Es war das, was ich immer wollte. Lesen, schreiben, lehren. Literatur, Theater. Hab' ich wohl gründlich verbockt."

„Sie könnten immer noch weiter studieren."

„Na super. Ich bin sicher, die Eltern meiner zukünftigen Schüler werden begeistert sein, ihre Kinder einem Ex-Knacki zu überlassen."

Alexander ist jetzt ganz ernst.

„*Falls* Sie eine Haftstrafe absitzen müssen, werden Sie danach sehr hart arbeiten müssen, um sich das Vertrauen der Menschen zu verdienen. Aber machbar ist es."

Der Junge setzt sich etwas aufrechter hin.

„Glauben Sie wirklich, die würden mich Lehrer werden lassen?"

„Falsche Frage. Versuchen Sie's nochmal."

Benjamin runzelt die Stirn.

„Will ich es wirklich – so sehr, dass ich bereit bin, darum zu kämpfen? Ist es den Aufwand wert?"

Alexander nickt. Kluges Kerlchen. Benjamins Haltung ändert sich wieder.

„Ich weiß nicht."

„Ob Sie's wollen?"

„Ich weiß nicht, ob ich – ich meine ich hab's verkackt. Das war's. Ich werde was Anderes finden. Möglichst legal", fügt er nach einer kleinen Pause hinzu.

Alexander entscheidet, dass es für heute reicht. Er glaubt, dass da noch etwas ist, etwas, das Benjamin ihm nicht sagt, aber er will ihn nicht zu sehr unter Druck setzten.

Im Verlauf der nächsten zwei Wochen sehen sich Benjamin und Alexander jeden zweiten Tag. Benjamin isst größtenteils normal; nur noch selten bemerkt Alexander frische Schürfwunden an Benjamins Fingerknöcheln. Er wirkt stabiler, wenn auch immer noch reserviert. Alexander beschließt, das Thema Studium noch einmal anzusprechen.

„Sie haben gesagt, Sie sind sich nicht, ob Sie zurück an die Uni wollen?"

„Bin ich auch nicht."

Benjamin sieht zu Boden und spielt mit dem Ärmel seines Pullovers.

„Eigentlich – will ich schon. Ich kann bloß nicht."

„Was wäre nötig, damit Sie es schaffen?"

Benjamin schließt die Augen und antwortet nicht. Es ist so lange still im Raum, dass Alexander schon nicht mehr mit einer Antwort rechnet. Und dann wird ihm klar, dass Benjamin mit den Tränen kämpft.

„Möchten Sie über etwas Anderes reden?"

„Wie, Sie lassen mich einfach vom Haken?"

Interessant. Er denkt, er müsste unter Druck gesetzt werden. Alexander weigert sich, mitzuspielen.

„Ich lasse es immer noch ruhig angehen."

Das bringt ihm ein halbes Lächeln ein, aber Benjamin ringt immer noch mit den Tränen.

„Ich kann das nicht", sagt er nach einer Weile. Seine Schultern sind angespannt. Abwehrhaltung.

„Warum nicht?"

„Es ist armselig."

„Lassen Sie's drauf ankommen."

Jetzt quellen die Tränen aus Benjamins noch immer geschlossenen Augen hervor. Alexander sagt nichts, lässt ihm Zeit. Benjamin atmet tief durch und öffnet die Augen. Er wischt mit dem Ärmel über sein Gesicht.

„Ich habe immer mit meiner Mutter über mein Studium geredet. Sie hat nach meinen Arbeiten und Prüfungen gefragt, und was ich gerade lese, und sie hat sich immer an alles erinnert. Es – Scheiße."

Seine Stimme klingt erstickt. Alexander weiß, was gerade passiert. Der Junge zensiert sich. Was er sagen *möchte* passt nicht zu dem Bild, das er aufrechterhalten will – vielleicht nicht einmal zu seiner Selbstwahrnehmung.

„Es – was?"

„Es fühlt sich verdammt nochmal so an, als ob ich es ohne sie nicht kann, okay? Zufrieden?"

Benjamin hasst ihn gerade, das ist Alexander bewusst. Der Junge fühlt sich, als ob er manipuliert worden ist, etwas zu sagen, was er nicht sagen wollte. Er weint jetzt ganz offen.

„Ich vermisse sie, und das fühlt sich an wie 'ne beschissene Stichverletzung, und ja, ich weiß, wie sich so was anfühlt. Sie ist nicht mehr da, wegen mir, und ich konnte mich nicht mal verabschieden, und das ist *auch* meine Schuld. Ich hab' drauf gewartet, dass mein verschissener, nutzloser, sogenannter Vater mal einen Finger rührt, um mir zu helfen, und, oh Wunder, hat er nicht getan. Welch Überraschung."

Er atmet ein paar Mal tief durch, peinlich berührt von seinem Ausbruch.

„Ergibt nicht allzu viel Sinn, oder?"

„Ist schon okay. Wir können die Teile später sortieren", sagt Alexander in dem unbekümmerten Tonfall, der ihm manchmal wie durch ein Wunder genau zum richtigen Zeitpunkt zufliegt.

Benjamin lacht durch seine Tränen hindurch, erleichtert.

„Wie, ich kotze mich aus und wir entwirren es später? So läuft das?"

„Manchmal. Wollen Sie mir sagen, wie Sie sich fühlen?"

„Ernsthaft?"

„Ernsthaft."

„Okay...ich fühle mich...leichter, schätze ich. Verlegen. Aufgewühlt. Aber ich kriege leichter Luft."

Alexander *mag* diesen Jungen. Er ist ein einziger Widerspruch – klug, emotional, eloquent, witzig. Und andererseits kann er aggressiv sein, selbstzerstörerisch, arrogant. Alexander hat diese Seite bisher kaum gesehen, aber sie ist da. Seine Vergangenheit ist gut dokumentiert. Er hat mehrfach Leute zusammengeschlagen, mindestens einmal ein Messer benutzt. Sein Temperament kann von einem Moment auf den anderen mit ihm durchgehen. Warum löst ein junger Mann mit Benjamins Fähigkeiten seine Probleme mit Gewalt? Warum benutzt er seine Fäuste anstelle seiner Intelligenz, schlägt andere blutig und wird selbst zusammengeschlagen? Immer wieder?

Kapitel 3

„Warum fangen wir nicht am Anfang an", schlägt Alexander vor.

Benjamin seufzt.

„Mit der schweren Kindheit des Delinquenten? Ist das nicht etwas abgedroschen?"

Alexander schmunzelt.

„Vielleicht ein bisschen", gibt er zu. „Tun Sie mir den Gefallen trotzdem."

Benjamins Blick wandert durchs Zimmer.

„Ich bin nicht sicher, wo ich anfangen soll."

„Was fällt Ihnen spontan ein, wenn Sie an den sehr jungen Benjamin denken?"

„Bücher. Ich habe immer und überall gelesen. Direkt nach dem Aufwachen, auf dem Weg ins Bad, nach dem Frühstück. Meine Mutter musste mir das Buch unter der Nase wegziehen, damit ich rechtzeitig zur Schule kam."

„Wo war Ihr Vater?"

„Arbeiten. Er hat das Haus früh verlassen und kam spät nach Hause. Ich habe wenig von ihm gesehen."

„Wie alt waren Sie, als Ihr Vater in den Ruhestand ging?"

Benjamins Schultern spannen sich an. Sein Zögern scheint nicht zu der relativ simplen Frage zu passen.

„15", sagt er schließlich, und etwas in seiner Stimme hat sich verändert. Irgendetwas ist damals passiert, vielleicht im Zusammenhang mit dem Ruhestand des Vaters, vielleicht auch nur zufällig zur selben Zeit. Alexander wartet ab. Benjamin atmet tief durch.

„Chris fand es super, dass unser Vater mehr zu Hause war. So konnten sie gemeinsam seine Nachfolge regeln."

Seine Stimme trieft jetzt vor Sarkasmus. Alexander runzelt die Stirn.

„Wie meinen Sie das?"

„Der Herr Oberst ging in den Ruhestand, stellte aber sicher, dass die Familientradition aufrechterhalten wurde."

„Ihr Bruder war alt genug, um zur Bundeswehr zu gehen."

„Genau. Damals war ich mir sicher, dass er's nur gemacht hat, weil Vater es so geplant hatte. Heute denke ich, er wollte das wirklich. Es scheint ihm zu gefallen."

„Wie ist Ihr Verhältnis zu Ihrem Bruder?"

Benjamin seufzt.

„Kompliziert?"

Alexander lächelt.

„Ich sehe ihn kaum. Er ist beim KSK, zurzeit in Afghanistan, glaube ich. Er redet nicht drüber."

Benjamin schüttelt den Kopf.

„Ist 'ne andere Welt."

„Die Welt Ihres Vaters?"

„Ja, genau. Als ob die Beiden eine andere Sprache sprechen als meine Mutter und ich. Ich bin da nie durchgestiegen, und sie wollten mich auch nicht dabeihaben."

„Was hat Ihre Mutter gemacht, war sie berufstätig?"

Benjamin schluckt, lächelt dann aber tapfer.

„Sie hat Gesang studiert, aber nicht mehr gearbeitet, nachdem sie meinen Vater geheiratet hat. Gesungen hat sie aber immer."

Sein Lächeln wird weicher.

„Wenn sie uns ins Bett gebracht hat. Und beim Kochen, beim Wäscheaufhängen, beim Autofahren. Eigentlich immer. Wenn ich von der Schule nach Hause kam, konnte ich sie schon singen hören und wusste sofort, wo sie war."

Seine Augen sind feucht. Er sieht zu Boden. Alexander nickt.

„Wer spielt sonst noch eine Rolle in Ihrem Leben?"

Benjamin wird ein bisschen rot.

„Na ja, da ist dieses Mädchen. Angie. Wir sind zusammen zur Schule gegangen, und ich fand sie immer schon toll. Aber irgendwie haben wir's nie auf die Reihe gekriegt. Außerdem steht sie mehr auf meinen Bruder."

Benjamin richtet sich auf.

„Der das natürlich nicht mitkriegt. Idiot."

„Es war nie etwas zwischen Ihnen?"

„Ein bisschen flirten, und auf einer Party haben wir uns mal geküsst. Da waren wir beide ziemlich betrunken, und danach haben wir so getan, als wäre es nie passiert. Ziemlich verfahren. Sie passt aber sowieso besser zu Chris. Hat tatsächlich selber mal mit dem Gedanken gespielt, zum Bund zu gehen."

„Sie mögen sie immer noch."

Benjamin zuckt mit den Schultern.

„Ich schätze, das hab' ich auch verbockt. Sie kann sich aussuchen, mit wen sie zusammen sein will. Wird sich wohl kaum für einen Knacki entscheiden."

„Wer sind Ihre Freunde? Mit wem verbringen Sie Ihre Zeit?"

Benjamin sagt eine ganze Weile nichts.

Der Blick, den Oli ihm zuwirft, als er auf dem Polizeirevier ankommt, spricht Bände. Sein bester Freund hat ihn endgültig aufgegeben. Das ist schlimmer als das Unverständnis und der Schock beim ersten Mal. Die Uniform steht Oli gut. Benjamin weiß, wie er selbst aussehen muss, verschwitzt, blutig, abgerissen; verhaftet bei einer Kneipenschlägerei. Dass Oli einen Kollegen bittet, Benjamins Aussage aufzunehmen, ist wie ein Schlag in die Magengrube. Sie stehen jetzt auf verschiedenen Seiten. Sein ältester Freund will nicht einmal mit ihm in einem Raum sein.

Benjamin reißt sich zusammen.

„Hab' ich auch verbockt", murmelt er dann. „In letzter Zeit war ich wohl hauptsächlich mit den *falschen* Leuten zusammen", sagt er und verzieht das Gesicht. „Das ging los, kurz nachdem ich angefangen hatte zu studieren. Meine alten Freunde, mit denen ich zur Schule gegangen bin, haben alle was Anderes gemacht, wir waren in alle Winde zerstreut. An der Uni waren ein paar ganz okay, aber die meiste Zeit bin ich für mich geblieben."

Er fährt sich durch die Haare.

„Irgendwie war ich dann aber mehr unterwegs, als zu lernen, hab' ein bisschen viel getrunken, eins kam zum anderen -"

Benjamin steht in seiner Stammkneipe am Tresen, als er plötzlich eine Hand auf seiner Schulter spürt. Er dreht sich um und erstarrt.

„Lass mich in Ruhe."

Marks Grinsen wird breiter. Er kommt näher. Benjamin fängt an zu schwitzen, das Hemd klebt ihm am Rücken.

„Ich mein's ernst, verschwinde."

„Und wenn nicht?"

Schneller als er denken kann landet seine Faust mitten in dem widerlichen Grinsen. Das Grinsen verschwindet. Das Nächste, woran Benjamin sich erinnern kann, ist, dass ihn jemand wegzieht.

„Du solltest lieber verschwinden. Kann nicht mehr lange dauern, bis die Bullen hier sind."

Benjamin versucht, einen klaren Kopf zu bekommen. Der Mann lässt ihn los.

„Komm mit."

Sie verlassen die Kneipe gemeinsam.

„Du hast 'nen ganz schönen rechten Haken. Traut man dir gar nicht zu", sagt der Typ und grinst. Er ist älter als Benjamin, vielleicht Anfang Dreißig.

Benjamin sagt nicht mehr viel in dieser Sitzung, seine Gedanken sind woanders. Abends kann er nicht einschlafen. In seinem Kopf läuft ein Film ab, den er lange nicht gesehen hat.

Kapitel 4

Alexander sitzt am Schreibtisch und dokumentiert seine Sitzung mit Benjamin. Der Gedanke, dass etwas fehlt, lässt ihn nicht los. Etwas Wichtiges. Ein Puzzleteil, oder mehrere, die den Bruch im Leben des Jungen erklären. Er beschließt, ihn nach der Tat zu fragen, wegen der er in Untersuchungshaft ist. Nach Aktenlage eine gefährliche Körperverletzung, die ihm aufgrund seiner Vorstrafen eine mehrjährige Haftstrafe einbringen wird. Er hat dem Opfer, einem 38jährigen Mann, ein Messer in den Oberschenkel gerammt. Für die Tat selbst gibt es keine Zeugen, aber direkt danach kamen zwei Männer hinzu. Sie haben Benjamin am Verlassen des Tatorts gehindert und ihn bis zum Eintreffen der Polizei festgehalten. Die Abdrücke auf dem Messer stammen ausschließlich von Benjamin. Und trotzdem ist da dieses nagende Gefühl, dass etwas nicht stimmt. Ist es nur seine Sympathie für den Jungen? Will Alexander einfach keinen Gewalttäter in ihm sehen?

Als Benjamin das nächste Mal auf der anderen Seite des Schreibtisches sitzt, kommt Alexander direkt zur Sache.

„Erzählen Sie mir von der Tat."

Benjamin verdreht die Augen.

„Die Akte liegt vor Ihnen."

„Sie kennen mich. Ich höre es lieber von Ihnen selbst."

Benjamin verschränkt die Arme.

„Typ kommt mir blöd, Handgemenge, Typ kommt mir zu nahe, Typ hat Messer im Bein. Ende."

Alexander gibt einen verächtlichen Laut von sich.

„So haben Sie das ausgesagt?"

„Im Prinzip ja, wieso?"

„Weil ich Ihnen das nie im Leben geglaubt hätte."

Benjamin zuckt mit den Schultern.

„Die Bullen schon. Verzeihung. Die Damen und Herren Beamten."

Alexander lehnt sich zurück. Die Sache stinkt immer mehr. Benjamin spielt mit dem Ärmel seines Pullovers. Er ist rastlos, versucht aber krampfhaft, ruhig zu wirken. Etwas beschäftigt ihn, ganz nah unter der Oberfläche.

„Ich glaube Ihnen nicht. Ich denke, der Tathergang war ein anderer. Was ich nicht verstehe, ist, warum Sie lügen. Schützen Sie das Opfer?"

Benjamins Fassade bricht zusammen. Treffer. Alexander atmet tief durch. Er beugt sich vor, die Ellbogen auf dem Schreibtisch.

„Benjamin, Sie müssen die Wahrheit aussagen! Wenn irgendetwas der Tat vorausgegangen ist, das Sie entlastet, und Sie es verschweigen, schützen Sie ihn! Er kommt davon und Sie gehen ins Gefängnis. Erklären Sie's mir. Was ist passiert?"

Der Junge ist weiß wie die Wand.

„Ich kann nicht."

„Ihr Leben hängt davon ab."

Das bringt Alexander eine Reaktion ein. Benjamin sieht ihn mit hochgezogener Augenbraue an, fast spöttisch.

„Ist das nicht ein bisschen dramatisch?"

„Sie machen sich das Leben so unendlich schwer mit einer Haftstrafe. Die Sie womöglich unschuldig absitzen."

Alexander hält den Atem an. Er ist sich fast sicher, dass Benjamin eine Entscheidung getroffen hat. Er muss sie nur noch umsetzen. Eine Ewigkeit lang geschieht nichts. Hat der Junge die falsche Entscheidung getroffen?

Und dann beginnt Benjamin zu erzählen:

„Ich war tanzen, alleine. Hab' ein bisschen was getrunken. Der Wichser hat mich angegraben. Ich hab' ihm gesagt, dass er nicht mein Typ ist. Ich dachte er hätte es kapiert, hatte er aber nicht. Als ich aus dem Club raus bin, muss er mir gefolgt sein, jedenfalls hatte ich ihn plötzlich am Hals. Im wahrsten Sinn des Wortes."

Benjamin presst die Lippen zusammen.

Brunners keuchender, nach Bier stinkender Atem.

„Nicht dein Typ, von wegen. Der Arsch? In der Jeans? Du willst es doch so."

Brunners Erregung.

„Du brauchst das, gib's zu. Einen echten Kerl, der dich hart rannimmt."

Panik. Benjamin bekommt keine Luft. Dann plötzlich ein winziges bisschen Spielraum. Nicht genug, um sich zu befreien. Aber genug, um sein Messer zu ziehen und blind zuzustechen.

Benjamins Atmung ist flach, seine Stimme gepresst.

„Wenn ich nicht an mein Messer gekommen wäre, hätte er sich einfach genommen, was er wollte. So hart wie möglich. Er hat's mir genau ausgemalt. Ich sollte im Dreck liegen und leiden. Zufrieden?"

Benjamins Gesicht ist verzerrt vor Abscheu. Er zittert am ganzen Leib. Alexander schließt einen Moment die Augen. Er braucht ein paar Atemzüge, um sich von Benjamins Emotionen zu distanzieren.

„Es war Notwehr, Benjamin", sagt er schließlich. „Sie haben sich gegen eine Vergewaltigung gewehrt. Sich geschützt. Das ist nicht strafbar."

Benjamin revidiert seine Aussage, zwei weitere junge Männer belasten Brunner. Das Gericht spricht Benjamin frei.

„Danke. Für alles", sagt er, als er sich von Alexander verabschiedet.

Der nickt und lächelt ihm zu.

„Hier", sagt er und hält dem Jungen eine Visitenkarte hin. „Melden Sie sich in der Praxis, wenn Sie das Gefühl haben, dass Sie noch etwas Unterstützung brauchen."

Benjamin nimmt die Karte. 50/50, dass er es tut, denkt Alexander. Es würde ihm guttun.

Kapitel 5

Benjamin hat sich tatsächlich dazu durchgerungen, die Therapie fortzusetzen. Als sie sich begrüßen, bemerkt Alexander die frischen Abschürfungen an Benjamins Fingerknöcheln. Beide Hände, nicht nur die dominante Rechte.

„Was ist passiert?"

„Mein Vater macht mich wahnsinnig."

Alexander runzelt die Stirn.

„Keine Sorge, wir haben uns nicht geschlagen."

„Sie verletzen sich wieder selbst. Wie in der U-Haft, Fäuste gegen Mauer", vermutet Alexander.

Benjamin zieht die Pulloverärmel über seine Hände.

„Lassen Sie mich sehen."

Benjamin versinkt noch tiefer in seinem Pullover.

„Bitte?"

Alexander sieht ihn an. Widerstrebend schiebt Benjamin die Ärmel hoch. Alexander nimmt Benjamins linke Hand und dreht seine Handfläche nach oben. Der Ärmel rutscht noch weiter hoch.

„Die sind alt", stellt Alexander ruhig fest. „Brandnarben und Schnitte, vielleicht auch Kratzer."

Benjamin entzieht ihm seine Hand. Der Ärmel rutscht zurück und verdeckt Benjamins Narben. Alexander sieht ihn an.

„Wie alt?"

Benjamin weicht seinem Blick aus.

„6 Jahre."

Alexander sagt nichts, wartet nur ab. Und tatsächlich fängt Benjamin an zu erzählen, den Blick auf den Fußboden gerichtet.

„Damals war von einem Tag auf den anderen alles anders. Plötzlich war der Boden unter meinen Füßen weg. Und wenn ich mich verbrannt oder gekratzt habe, oder geritzt, völlig egal, dann hatte ich wieder - ich weiß nicht, Bodenhaftung?"

„Sie hatten die Kontrolle. Diese eine Sache in Ihrem Leben konnten Sie kontrollieren. Wie stark der Schmerz war. Wie lang er anhielt."

Benjamin blickt auf. Er wirkt überrascht. Alexander lächelt ihm zu.

„Zutreffend?"

Benjamin nickt.

„Schätze schon. Wenn Sie es so formulieren, macht es Sinn."

„Wollen Sie mir erklären, warum Sie es jetzt wieder tun, oder warum Sie es damals getan haben?"

Benjamin grinst ein bisschen schief.

„Weder noch?"

Alexander schmunzelt.

„Sie kennen die Regeln."

Benjamin ringt mit sich. Alexander wartet ab. Schließlich holt Benjamin tief Luft.

„Als ich fünfzehn war, habe ich herausgefunden, dass meine Eltern nicht meine Eltern sind. Ich bin ein Adoptivkind. Fünfzehn Jahre lang haben meine sogenannten Eltern es nicht für nötig befunden, mir diese Kleinigkeit mitzuteilen."

Seine Stimme ist bitter. Der Schmerz dieser Entdeckung ist sechs Jahre später immer noch frisch.

„Meine Mutter wollte noch ein Kind. Mein Vater...ich glaube er hat der Adoption zugestimmt wie andere ihrer Frau einen Hund kaufen. Und wie einen Hund hätte er mich später wieder ausgesetzt, wenn er gekonnt hätte. Ich muss eine einzige Enttäuschung für ihn gewesen sein. Wir haben nichts gemeinsam. Nachdem ich es wusste, habe ich mich oft gefragt, warum ich nicht von alleine draufgekommen bin. Eigentlich war es offensichtlich."

„Sind Sie Ihrer Mutter ähnlich?"

Benjamin schließt die Augen. Nach einer Weile nickt er.

„Aber es gab die Beiden nur im Doppelpack", sagt er verächtlich.

„Er ist nicht mein Vater!"

„Bin ich dann auch nicht deine Mutter?"

„Hätte ich ihn nicht als meinen Vater akzeptiert, hätte ich sie auch verloren."

Der Satz hängt im Raum wie ein Urteilsspruch. Alexander atmet tief durch, um den Druck auf seiner Brust loszuwerden.

„Gibt es auch eine schöne Erinnerung an Ihren Vater? Nur eine?"

Benjamin braucht eine Weile, aber dann lächelt er. Seine Züge werden ganz weich, und er wirkt unglaublich jung.

„Wir haben einen Waldspaziergang gemacht, im Winter, die ganze Familie. Normalerweise war mein Vater bei so was nie dabei, aber an diesem Tag schon. Er hat Chris und mich an die Hand genommen, ein Sohn an jeder Seite. Dieses eine Mal war ich genauso wichtig wie mein Bruder."

Benjamins Lächeln wird breiter.

„Er hat uns Spuren im Schnee gezeigt, eine war von einem Hasen. Ich wusste das, weil wir es gerade in der Schule durchgenommen hatten. Er hat sich gefreut, und ich war so stolz. Am nächsten Tag habe ich mir ein Buch über die Tiere des Waldes ausgeliehen und alle Spuren auswendig gelernt."

Benjamins Lächeln erlischt.

„Natürlich waren wir nie wieder gemeinsam im Wald."

Sie schweigen eine ganze Weile. Irgendwann fragt Alexander:

„Wissen Sie etwas über Ihre leiblichen Eltern?"

Benjamin schüttelt den Kopf.

„Hat mich nie interessiert. Sie wollten mich nicht. Mehr brauche ich nicht zu wissen."

Alexander wiegt den Kopf.

„Vielleicht würden Sie ihre Gründe verstehen?"

„Was gibt es da zu verstehen. Meine Mutter hat mich geworfen und wollte mich so schnell wie möglich loswerden. Ende der Geschichte."

Alexander sagt nichts, aber er ist sich nicht sicher, ob das die ganze Wahrheit ist.

Kapitel 6

Eines Tages kommt Benjamin etwas zu früh in die Praxis und wird Zeuge eines hitzigen Wortgefechts – das zwar hinter geschlossener Tür stattfindet, aber laut genug ist, dass Benjamin es als Beziehungsstreit deuten kann. Alexander Senne scheint verdammt wütend zu sein...das letzte, was Benjamin hört, ist:

„...und wehe, du kreuzt hier nochmal auf!"

Dann fliegt die Tür auf – und ein Mann in Sennes Alter stürmt an Benjamin vorbei. Er sieht ihm einen Moment hinterher, bevor er sich langsam zu Alexander umdreht. Der steht mittlerweile unter der Tür zu seinem Büro und sieht Benjamin erschöpft an.

„Tut mir leid, Benjamin. Ich hab' ihm tausendmal gesagt, er soll nicht hierher kommen."

Benjamin braucht einen Augenblick.

„Freund?", bringt er nach einer Weile heraus.

„Ex", sagt Alexander, und in der einen Silbe schwingt unendlich viel mit.

Benjamin schluckt.

„Wenn das jetzt kein guter Zeitpunkt ist..."

Alexander reißt sich zusammen.

„Ist schon gut. Ist schließlich Ihr Termin."

„Sind Sie sicher?"

Alexander lächelt.

„Ja. Bin ich. Kommen Sie rein."

Benjamin ist heute weniger kooperativ als sonst. Nicht unbedingt verschlossen oder abweisend, aber seltsam distanziert. Alexander packt den Stier bei den Hörnern:

„Stört es Sie, dass ich schwul bin?"

Es ist offensichtlich, dass Benjamin nicht weiß, was er sagen soll.

„Seien Sie ehrlich."

„Ich weiß nicht. Schätze ja. Ich bin mir aber nicht sicher, wieso."

„Wie stellen Sie sich einen schwulen Mann vor?"

„Bitte?"

„Wir alle haben bestimme Vorurteile, selbst, wenn sie uns nicht bewusst sind. Ansichten, die wir von anderen gehört haben. Öffentliche Wahrnehmung. Falls Ihre nicht zu dem passen, wie Sie mich wahrnehmen, verwirrt Sie das vielleicht. Das kann beunruhigend sein."

„Das – ergibt Sinn, aber das ist es nicht. Glaube ich. Ich meine, wenn ich einen Scheiß drauf geben würde, was mein Vater denkt – was ich glücklicherweise nicht tue -"

Er seufzt.

„Ich glaube, es geht um was Anderes. Ich hab' Ihnen das nicht gesagt, weil ich so dran gewöhnt bin, es zu verstecken. Ich habe es mehr als einmal ziemlich brutal verteidigt. Und jetzt kommen Sie und sagen mir, ich kann – ich meine Sie haben mir immer gesagt, dass ich über alles reden kann, aber -"

Er fährt sich durchs Haar.

„Schätze, ich sollte einfach damit rausrücken, oder? Bi. Das ist mein Etikett, und ich hasse es. Ich habe so sehr versucht, es nicht zu sein. Mich auf Mädchen zu konzentrieren. Aber so funktioniert das nicht. „

Er schließt die Augen und legt den Kopf in den Nacken.

„Shakespeare war bi", sagt er, und seine Stimme klingt beinahe amüsiert.

Alexander lächelt.

„Ich weiß. Einige seiner schönsten Sonette handeln von diesem jungen Mann, in den er verliebt war, und der ihm von einem Anderen mit mehr Geld ausgespannt wurde."

Benjamin lächelt, seine Augen sind immer noch geschlossen. Nach einer langen Pause sagt er:

„Es fühlt sich an, als ob es da eine ganz eigene Welt in meinem Kopf gibt, von der niemand weiß, über die ich nie gesprochen habe, mit niemandem, und Sie haben gerade die Tür aufgebrochen."

„Macht Ihnen das Angst?"

„Beschissene Angst."

„Könnte es nicht auch eine Chance sein?"

Benjamin öffnet die Augen, aber er starrt an die Decke.

„Ich glaube nicht, dass mein Leben noch komplizierter werden sollte, als es schon ist."

„Sie müssen sich nicht outen, wenn Sie nicht wollen."

Benjamin sieht ihn an.

„Ich dachte, Sie würden mir dazu raten. Ehrlich zu sein, es zuzugeben."

„Sich selbst gegenüber? Unbedingt. Öffentlich? Das ist ein bedeutender Schritt, und nicht immer die beste Entscheidung."

Der Junge überlegt.

„Wäre das nicht ziemlich feige?"

„Es kann notwendig sein, wenn es für Sie sicherer ist."

Benjamin sagt lange nichts. Alexander wird klar, dass er das fehlende Puzzlestück gefunden hat. Benjamin hat gelernt, keine Schwäche zu zeigen. Die Schlägereien. Seine Aggressivität gegenüber jedem, der sein toughes Image in Frage stellt. Alles nur Selbstverteidigung. Alexander atmet durch.

„Hat Sie irgendjemand vor Brunner schon mal unangemessen behandelt? Ein Lehrer? Familienmitglied? Irgendjemand?"

„Wie, bin ich jetzt ein Missbrauchsopfer? Ob ich diese Perversen regelmäßig anziehe, ist es das, was Sie wissen wollen?"

„Sie müssen nicht antworten, wenn Sie nicht wollen, das wissen Sie."

Der Junge ist ganz offensichtlich aufgewühlt, aber es ist unmöglich, zu beurteilen, ob es an der Erinnerung an Brunner liegt, oder an etwas Anderem, etwas Älterem. Alexander tut sich schwer, seine eigenen Gefühle unter Kontrolle zu halten. Benjamin ist gerade so verwundbar, wie Alexander ihn bisher noch nie gesehen hat. Er braucht Stabilität. Professionelle Distanz. Ruhe. Alexander entspannt sich.

„Möchten Sie noch irgendetwas anderes loswerden?"

„Wie, war das noch nicht aufregend genug für eine Sitzung?"

Nicht sein üblicher Charme, sondern eine Spur Bösartigkeit. Provokation. Alexander beißt nicht an.

„Sagen *Sie* es mir."

Benjamin sinkt in sich zusammen. Auf einmal sieht er sehr müde aus. Erschöpft.

„Sieht aus, als ob es einiges gibt, über das ich nachdenken muss."

Alexander lächelt ihm zu und nimmt eine seiner Visitenkarten aus der Schublade. Er schreibt etwas auf die Rückseite.

„Ich mache das nicht oft, aber falls Sie außerhalb meiner Sprechzeiten mit mir reden wollen..."

Alexander kann die Patienten, denen er seine Handynummer gegeben hat, an einer Hand abzählen.

„Danke", sagt Benjamin. Seine Stimme klingt gepresst. „Ich weiß es zu schätzen. Ich werde sie nur benutzen, wenn es absolut notwendig ist, versprochen."

Benjamins Augen sind verdächtig feucht. Alexander wird klar, dass er wahrscheinlich der Einzige ist, mit dem Benjamin reden kann, und seine Einsamkeit bricht ihm das Herz.

„Vorschlag. Warum treffen wir uns nicht einmal zusätzlich? Ich denke Sie könnten es gut brauchen. Was denken Sie?"

Benjamin nickt.

„Danke. Ich glaube, das ist eine gute Idee."

Benjamin schafft es nach der Sitzung grade bis zu seinem Auto, bevor der Film in seinem Kopf losgeht.

Eine Party im Wohnheim

„Benjamin, richtig?"

Funkelnde blaue Augen und ein Dreitagebart

„Ähm, ja? Kennen wir uns?"

„Wir haben ein paar Vorlesungen zusammen, aber ich glaube nicht, dass du mich jemals bemerkt hast. Bist immer sehr konzentriert."

Sie trinken etwas zusammen, reden ein bisschen.

„Ich hab' dich noch nie mit jemandem zusammen gesehen... Freundin?"

Ben lächelt.

„Nein."

„Freund?"

Bens Magen dreht sich um. Seine Wangen brennen. Er schluckt und schüttelt den Kopf.

„Tut mir leid – ich bin Mark."

Sie trinken weiter, reden aber kaum noch. Stattdessen sehen sie sich verstohlen an, lächeln viel. Mark sieht ihn lange an.

„Kann ich dich küssen?", fragt er leise.

Benjamin hat Schmetterlinge im Bauch. Er nickt, bevor er es sich anders überlegen kann. Marks Kuss ist sanft, vorsichtig. Er wartet Bens Reaktion ab. Und Ben reagiert. Es fühlt sich an, als ob er endlich nach Hause kommt. Er verliert sich in dem Kuss, genießt Marks Zärtlichkeit. Dass das so sein kann. Mit einem Mann. Sie sehen sich an. Mark strahlt. Ben grinst. Und küsst ihn gleich nochmal.

Marks Zimmer. Bens Kopf schwirrt. Er kann sich nicht erinnern, sich jemals so gefühlt zu haben. Marks Hände wandern über Bens Schultern, während sie sich küssen. Er zieht ihm das T-Shirt über den Kopf, öffnet Bens Gürtel. Ben bekommt Panik.

„Warte", presst er hervor.

Mark runzelt die Stirn.

„Komm schon, erzähl mir nicht, dass du nicht willst."

Er legt seine Hand auf Bens Jeans und grinst.

„Ist ziemlich eindeutig, würde ich sagen."

Ben weicht zurück.

„Nicht."

„Es gibt andere Mittel und Wege", murmelt Mark ganz nahe an Bens Ohr. Ohne genau zu wissen, wie es dazu kam, findet Ben sich auf den Knien wieder. Er bekommt keine Luft, will aufstehen. Mark hält ihn an den Schultern fest.

„Zumindest das bist du mir schuldig!"

Ben kann kaum fassen, was er da tut, aber seine Lippen finden den Weg. Mark legt den Kopf in den Nacken und stöhnt auf.

„So gut", flüstert er. „Komm schon, hör nicht auf."

Mark warnt ihn nicht. Ben schafft es gerade so, im richtigen Moment zu schlucken. Er kauert am Boden und versucht zu verstehen, was gerade passiert ist. Mark beugt sich zu ihm hinunter und küsst ihn. Dieser Kuss fühlt sich anders an als die vorausgegangenen, als ob Mark Benjamins Erlaubnis nicht mehr braucht. Als ob er sich jetzt einfach nehmen kann, was er will.

Ben flüchtet aus dem Wohnheim, landet in einer Bar. Sein erstes Mal mit einem Mann, und er fühlt sich furchtbar. Benutzt und schmutzig. Er hätte viel früher nein sagen müssen. Oder nachdrücklicher. Ist er selbst schuld daran, wie der Abend gelaufen ist? Er trinkt deutlich mehr als sonst. In der Enge der Bar rempelt er jemanden an, ein Wort gibt das andere, dann fliegen die Fäuste. Ben findet sich auf der Straße wieder. Sein Gesicht und seine Rippen tun weh, seine Hand auch. Er übergibt sich, kauert schwer atmend in einer dunklen Ecke und fühlt sich so elend wie noch nie in seinem Leben.

Als er in seinem Bett im Wohnheim aufwacht, kann er sich nicht erinnern, wie er heimgekommen ist. Es ist fast Mittag. Er müsste an der Uni sein. Irgendetwas wäre heute wichtig gewesen.

Mark verstellt ihm im Treppenhaus den Weg.

„Kommst du mit auf mein Zimmer?", grinst er.

„Nein, danke", sagt Ben, und will sich an ihm vorbeischlängeln. Plötzlich ist Mark ihm sehr nah, drängt ihn gegen die Wand.

„Komm schon", flüstert er, „du willst es. Du brauchst das, jemanden, der dir sagt, wo dein Platz ist. Auf den Knien hast du richtig gut ausgesehen."

Mark greift ihm zwischen die Beine. Ben kann sich befreien, aber Marks Lachen verfolgt ihn, höhnisch und bedrohlich. Ben versucht, die Erinnerung an Marks Berührung loszuwerden, aber es gelingt ihm nicht.

Benjamin braucht lange, bis er es sich zutraut, zu fahren.

Kapitel 7

Drei Tage später spricht Benjamin in der Therapie über alle, für die er irgendwann einmal geschwärmt hat. Es stellt sich heraus, dass es überwiegend Frauen waren, und jetzt ist er sich nicht mehr sicher, ob er überhaupt bi ist.

„Es gibt keine Quote für Bisexualität, Benjamin. Wenn *Sie* sich so sehen, ist es zutreffend."

„Was ist mit *Ihnen*?"

Benjamin beißt sich auf die Lippe, als ihm klar wird, dass er wahrscheinlich gerade eine Grenze überschritten hat. Alexander entscheidet sich bewusst, offener zu sein als gewöhnlich.

„Was *ist* mit mir?"

„Haben Sie sich jemals für eine Frau interessiert?"

„Eigentlich nicht. Ich hab' es mir ein paar Mal eingebildet, aber wahrscheinlich wollte ich nur sein wie alle anderen. Für mich waren es immer Männer."

„Wann haben Sie sich geoutet?"

„Meinen Eltern gegenüber – sehr früh. Sie haben mich immer unterstützt. Und von da an war es mehr oder weniger ein offenes Geheimnis."

„Hört sich so einfach an."

„Ich hatte es leicht. Das ist nicht für Jeden so. Und vergessen Sie nicht, dass Sie sich nicht outen *müssen*. Sie schulden niemandem etwas. Wenn es *eine* Person gibt, der Sie vertrauen, erzählen Sie's vorerst nur dieser Person. Und sonst niemandem."

„Angie würde ich's gerne erzählen", sagt Benjamin leise. „Sie ist in Ordnung. Ich glaube, sie würde es verstehen. Bei meinem

Bruder bin ich mir nicht sicher. Und mein Vater würde mich mit bloßen Händen töten und die Leiche verschwinden lassen."

Es soll leichthin gesagt klingen, aber die lebenslange Verletzung ist offensichtlich. Benjamin ist nie *richtig* gewesen, nie gut genug in den Augen seines Vaters. Es ist sein Lebenstrauma, einigermaßen ausbalanciert durch die Liebe seiner Mutter, solange sie am Leben war. Jetzt ist da nichts mehr.

„Dann reden Sie mit Angie. Was denken Sie, was sie tun wird?"

„Mich umarmen, höchstwahrscheinlich. Eine Umarmung ist ihre Lösung für jedes Problem."

„Und wie geht es Ihnen mit dieser Vorstellung?"

„Ich glaube, es wäre schön. Eine Berührung."

Er wird rot, und es ist bezaubernd.

„Nichts, na ja, Sexuelles. Nur -" Er zuckt mit den Schultern.

Alexanders Brust wird eng. Der Junge ist so hungrig nach ein bisschen Zuwendung.

In der nächsten Sitzung berichtet Benjamin, dass Angie gerade dabei ist, für ihre Ausbildung die Stadt zu verlassen. Er sagt, er habe darüber nachgedacht, es ihr trotzdem zu erzählen, sei dann aber ,zu feige' gewesen. Alexander sieht ihn sich genau an. Er trägt jetzt ausschließlich schwarz und ist normalerweise in mindestens vier Schichten gehüllt, eine davon meistens Leder. Er wirkt immer noch zerbrechlich, er ist immer noch dünn, aber mehr oder weniger stabil. Er hatte keine Probleme mit der Polizei, seit er aus der U-Haft entlassen wurde, und sein selbstverletzendes Verhalten ist stark zurückgegangen. Alles in allem waren die letzten Sitzungen sehr produktiv, und auch wenn die Sache mit Angie ein Rückschlag war, ist er auf einem guten Weg. Aber nichts von alledem macht das, was jetzt kommt, leichter. Alexander räuspert sich.

„Benjamin, ich muss Ihnen etwas sagen. Ich kann Sie nicht weiter behandeln. Ich denke, Sie brauchen nicht unbedingt weiterhin Therapie, aber für den Fall, dass Sie gerne weitermachen möchten, habe ich mit einer Kollegin gesprochen. Sie wäre bereit, zu übernehmen, falls Sie das wollen. Ich glaube, Sie würden gut mit ihr zurechtkommen."

Benjamin rührt sich nicht. Alexander ist sich nicht sicher, ob er atmet.

„Was? Ich meine – warum? Habe ich was falsch gemacht?"

Alexander starrt ihn einen Moment lang an und schüttelt dann heftig den Kopf.

„Nein!"

Die Hand, mit der er sich durchs Haar fährt, zittert. Er reißt sich zusammen.

„Um ehrlich zu sein, muss ich Ihnen etwas erzählen, und unabhängig davon, wie Sie reagieren, wäre es unethisch -"

Er setzt sich gerade hin und legt die Hände in den Schoß, um das Zittern unter Kontrolle zu bringen.

„Ich kann nicht weiter mit Ihnen arbeiten, weil ich mich zu Ihnen hingezogen fühle. Ich mag Sie, sehr sogar, und vielleicht..."

Er atmet tief durch. Das Gespräch läuft völlig anders, als er es vorbereitet hat. Das ‚Sie' fühlt sich auf einmal falsch an, aber Benjamin plötzlich zu duzen wäre noch unpassender.

„Es tut mir leid, wenn das zu plötzlich kommt, aber ich wollte auf jeden Fall ehrlich zu Ihnen sein."

Benjamin ist sprachlos. Seine Schultern spannen sich an, und er steht auf. Einen Moment lang rechnet Alexander damit, dass er einfach geht. Aber er geht nicht.

„Das war's also. *Sie* entscheiden, dass das hier vorbei ist. Nach all den Reden, die Sie mir gehalten haben, über meine Probleme, Menschen zu vertrauen, und dass ich daran arbeiten muss. Sie haben mir gesagt, dass ich mich auf Sie verlassen kann, immer wieder, bis ich es Ihnen endlich geglaubt habe, ich Idiot. Und jetzt schmeißen Sie mich raus, weil Sie unfähig sind, Ihren Trieb zu kontrollieren."

Die Verachtung in den Augen des Jungen ist schmerzhafter als jede der möglichen Reaktionen, die Alexander sich vorgestellt hat. Er schließt für einen Moment die Augen und versucht, eine Antwort zu finden. Aber es gibt nichts zu sagen. Benjamin hat Recht. Er lässt ihn im Stich. Noch jemand im Leben des Jungen, der ihn im Stich lässt. Seine leibliche Mutter. Seine Adoptivmutter. Sein großer Bruder. Angie. Und jetzt auch noch er.

„Es tut mir leid", ist alles, was er herausbringt. *Ich weiß nicht, was ich tun soll*, will er eigentlich sagen, tut es aber nicht. *Ich bin dabei, mich in dich zu verlieben.* Aber das ist *sein* Problem, nicht Benjamins.

„Bitte reden Sie mit Frau Miller", sagt er stattdessen, und hält Benjamin eine Visitenkarte hin.

„Haben Sie sichergestellt, dass ich nicht *Frau Millers* Typ bin?", faucht Benjamin.

Es gibt nichts, was Alexander darauf erwidern könnte. Mühsam reißt er sich solange zusammen, bis Benjamin die Praxis verlassen hat. Und dann ist er weg, und Alexander wird bewusst, dass er ihn wahrscheinlich nie wiedersehen wird, und er beginnt sich zu fragen, ob er das Richtige getan hat.

Draußen lehnt sich Benjamin mit dem Rücken an die Hauswand und lässt die Geräusche der Umgebung über sich hinwegrauschen. *Ich darf nicht mehr mit Alexander Senne reden.* Das ist der einzige Gedanke in seinem Kopf. Immer wieder. Diesen Zufluchtsort zu verlieren tut so weh, dass er kaum die Tränen zurückhalten kann. Er verzieht das Gesicht, als er daran denkt, was er Senne gerade an den Kopf geworfen hat. Es ist ihm durchaus bewusst, dass das, was er gesagt hat, die Art, *wie* er es gesagt hat, nicht fair war. Aber er hat einfach um sich geschlagen, wenn auch diesmal nur verbal, wie er es immer getan hat, wenn er verletzt wurde. Auf gar keinen Fall wird er von vorne anfangen, mit einer Therapeutin, die er nicht kennt. Sich wieder öffnen, wieder im Stich gelassen werden. Wenn die Fortschritte, die er mit Sennes Hilfe gemacht hat, jetzt wieder zunichtegemacht werden, ist es Sennes Schuld. Trotz verwandelt sich in Bitterkeit. *Als ob der das jemals erfahren würde. Geschweige denn sich dafür interessieren.*

Benjamin starrt Alexander an. Er versucht, zu verarbeiten, was er gerade gehört hat. Als er endlich die Sprache wiederfindet, ist das erste, was er sagt:

„Du weißt alles über mich."

„Ich weiß, das muss merkwürdig für dich sein."

„Nein, ich meine, bei allem, was ich dir erzählt habe – warum solltest du dich da noch für mich interessieren?!"

Alexander lächelt ihn an, warm und offen, und er hat das Gefühl, dass er Benjamin noch nie zuvor so angesehen hat.

„Du bist unglaublich, Benjamin Godan. Du bist hochintelligent und wahnsinnig aufmerksam, und du bist sensibel und leidenschaftlich und wunderschön."

Benjamin wird rot. Er sieht einen Moment zu Boden. Der Augen-
aufschlag, der dann folgt, macht Alexander sehr nervös. Er braucht ein
paar tiefe Atemzüge, um sich zu fangen. Dann sagt er:

„Sag jetzt nichts. Denk drüber nach. Melde dich, wenn du soweit
bist, okay?"

Benjamin lächelt erleichtert. Es gibt Alexander einen kleinen Stich.

„Okay", sagt Benjamin, und steht auf. „Mach ich."

Manche von Alexanders Träumen sind plastischer, und einige
sind Tagträume. Nur selten gestattet er sich, ihnen nachzugeben,
aber wenn er es tut, fühlt er sich danach furchtbar schuldig.

Kapitel 8

Sieben Jahre später

Alexanders bester Freund Paul grinst in sein Bier. Alexander sieht ihn fragend an.

„Was ist?"

„Ich glaube, du hast ein bisschen Sabber auf dem Hemd."

„Was?"

„Ich weiß ja nicht, wen du die ganze Zeit anstarrst, aber er scheint ziemlich heiß zu sein."

Alexander wird rot.

„Dreh dich nicht um. An der Bar."

Natürlich dreht Paul sich um.

„Ich hab' gesagt -"

Alexander seufzt theatralisch und verdreht die Augen.

„Schwarze Haare, Lederjacke?"

„M-hm."

„Dann geh schon hin. Ich kann einen Abgang machen, wenn du willst."

„Nein!"

Paul hört auf zu grinsen.

„Oh nein. Ihr kennt euch."

„Ja. Ist aber ewig her."

„Wie, ihr zwei…?"

„Nein. Es ist nie was passiert. Ich war nur furchtbar verliebt in ihn."

„Und er war nicht interessiert?"

Alexander seufzt.

„Es ist kompliziert."

„Ist es das nicht immer?"

Kein Zweifel. Alexander erkennt Benjamins Augen sofort, ganz zu schweigen von den Wangenknochen. Seine feinen Gesichtszüge wirken jetzt nicht mehr zerbrechlich, und er hat Muskeln zugelegt, immer noch schlank, aber mit breiteren Schultern. Es steht ihm hervorragend, genau wie die kürzeren Haare. Seine Locken sind mit etwas Gel gezähmt, aber nicht mehr lang genug, um sie zusammenzubinden. Er sieht umwerfend aus – und er sieht Alexander direkt an. *Shit.* Benjamin rutscht von seinem Barhocker und kommt auf ihn zu. Alexanders Hände werden feucht. Er wischt sie unauffällig an seiner Jeans ab.

„Herr Senne!"

„Alexander", bringt er mühsam heraus, und aus dem Augenwinkel sieht er Paul verschwinden.

Benjamin lächelt.

„Alexander."

Dann fällt ihm ein, wie sie damals auseinandergegangen sind. Für einen Moment herrscht peinliches Schweigen. Alexander fängt sich als Erster. Er lächelt Benjamin zu:

„Du siehst großartig aus! Was machst du zurzeit?"

„Ich bin zurück an die Uni gegangen, gerade fertig geworden. Heute habe ich mein Zeug aus dem Haus meines Vaters geholt."

Er hebt seine Bierflasche hoch.

„Habe ich gebraucht nach einem Abend mit ihm."

Alexander verzieht das Gesicht.

„Immer noch so schlimm?"

Benjamin atmet tief durch.

„Er wird sich nie ändern. Ist schon okay, morgen bin ich da raus und muss nie wieder zurückkommen."

Alexander deutet auf Benjamins fast leeres Bier.

„Kann ich dir noch eins ausgeben?"

„Ich muss fahren", sagt Benjamin und hebt kurz die Schultern.

Es tut weh. Alexander hat ihn gerade erst wieder getroffen, und gleich wird er ihn wieder aus den Augen verlieren.

„Verstehe", sagt er, aber eigentlich will er sagen ‚Bitte verschwinde nicht gleich wieder aus meinem Leben.'

Er lächelt ihm zu.

„Du bist weit gekommen."

„Was ich unter anderem dir zu verdanken habe."

Alexander spielt mit der Flasche in seiner Hand. Er kann Benjamin jetzt nicht ansehen.

„Du warst so wütend auf mich damals, und das zu Recht."

Benjamin seufzt.

"Ja, war ich, eine Weile zumindest. Du warst der einzige Mensch in meinem Leben, auf den ich mich verlassen konnte, und plötzlich..."

„Habe ich dich im Stich gelassen. Noch jemand in deinem Leben, der dich enttäuscht hat."

Alexanders Stimme ist in der vollen Kneipe kaum zu hören.

„Trotzdem tut es mir leid. Ich hatte kein Recht, so mit dir zu reden. Was hättest du sonst tun sollen?"

„Ich weiß es wirklich nicht. Ich wusste nicht, was ich tun sollte. Mir war klar, dass ich dich verletzen würde, und das war das Letzte, was ich wollte, aber ich -"

„Es ist okay, Alexander, wirklich. Mir geht's gut."

Alexander sagt ihm nicht, wie lange er jeden Morgen als Erstes auf sein Handy geschaut hat, in der Hoffnung, eine Nachricht von ihm zu sehen. Wie lange es gedauert hat, bis er nicht mehr enttäuscht war, wenn er seinen Benachrichtigungston hörte, und es war jemand anderes. Alexander zwingt sich, einen letzten Versuch zu starten:

„Brauchst du Hilfe beim Umzug?"

Benjamin zögert einen winzigen Moment. Er ist lang genug, dass Alexander die Hoffnung verliert. Aber dann lächelt Benjamin ihn an, ein offenes, strahlendes Lächeln, das Alexander kaum jemals bei ihm gesehen hat. *Gott, ist der Kerl hübsch.*

„Man kann nie genug Umzugshelfer haben, oder?"

Kapitel 9

Und so findet sich Alexander am nächsten Tag mitten in einem Wirbelsturm der Aktivität wieder. Chris, Angie und ein halbes Dutzend Kommilitonen reden, lachen und machen Witze – und beinahe nebenbei erledigen sie Benjamins Umzug. Als Alexander das erste Mal Zeit findet, kurz innezuhalten und sich umzuschauen, sind bereits alle Möbel zusammengebaut und an ihrem Platz, und Benjamin hat sogar schon angefangen, die ersten Kisten auszupacken. Benjamin bedankt sich, und ein paar Umarmungen und Verabschiedungen später sind Alexander und er plötzlich allein.

„Ich brauche was zu trinken", verkündet Benjamin. „Hast du zufällig meine Weingläser gesehen?"

Alexander schüttelt den Kopf. Keiner von beiden hat Lust, zu suchen, und so trinken sie den Wein, den einer von Benjamins Freunden mitgebracht hat, aus Tassen. 'My brother went to Afghanistan and all I got...' steht auf der von Alexander, 'Shakespeare Nerd' auf Benjamins.

„Okay, und wie geht's jetzt weiter?", fragt Alexander nach einer Weile.

„Was, habe ich dich noch nicht genug ausgenutzt?"

Alexander lacht.

„Nein, ich meine für dich."

„Die Schule beginnt in zwei Wochen, also werde ich als Erstes alle Bücher auspacken, und dann werde ich anfangen, mich vorzubereiten. Und dann ist da noch ein Projekt, an dem ich gerne weiterarbeiten würde, wenn ich noch Zeit habe."

„Kannst du drüber reden?"

„Hey, Chris ist derjenige mit den geheimen Missionen. Ich bin nur Englischlehrer."

Benjamin hält inne und lächelt verschämt.

„Ist es albern, dass es mir so gefällt, das zu sagen?"

Alexander hat plötzlich Schmetterlinge im Bauch.

„Überhaupt nicht", sagt er sanft. „Ich bin mir sicher, du wirst ein toller Lehrer sein. Deine Schüler werden dich lieben."

„Bis ich anfange, sie mit Blankvers zu quälen."

Sie grinsen.

„Also, was ist das für ein Projekt?"

„Du lässt dich nicht so einfach ablenken, was?"

„Nein."

Benjamin wirkt auf einmal richtiggehend schüchtern. Dadurch sieht er jünger aus, als er ist. Und das erinnert Alexander an eine Zeit, als er sich nicht für Benjamin hätte interessieren dürfen, und es trotzdem getan hat. Benjamin bemerkt die Veränderung in Alexanders Stimmung sofort.

„Was ist los?"

Alexander schiebt den Gedanken zur Seite.

„Alles gut. Also?"

„Okay...ich bin quasi dabei, ‚Henry IV' umzuschreiben."

„Wie bitte?"

„Ich dachte mir, warum lesen Schüler so ungern Shakespeare? Und ganz offensichtlich liegt das daran, dass er so schwer zu verstehen ist, wenn man nicht an seine Sprache gewöhnt ist. Aber die Geschichten an sich sind großartig! Also – hab' ich's umgeschrieben. Ein rebellischer junger Prinz mit zwielichtigen Freunden und einem massiven Vaterkomplex in modernem Englisch. Das müssen sie einfach lieben!"

Alexander findet, dass ein nervöser Benjamin einfach süß ist, und kann sich gerade noch auf die Zunge beißen, bevor er es laut sagt. *Ups. Langsam mit dem Wein.*

„Liest du's mir vor?"

„Es ist noch nicht fertig."

„Bitte?"

Benjamin schluckt.

„Dafür werde ich sehr viel mehr Wein brauchen."

„Wie Ihr wünscht, Euer Gnaden", proklamiert Alexander und schenkt Benjamin erneut ein.

„Also eigentlich ist das nicht – egal. Ich muss es aber erst suchen. Kann einen Moment dauern."

Er verschwindet im Schlafzimmer und nimmt seinen Wein mit. Alexander trinkt seine Tasse aus und sieht sich um. Das CD-Regal steht bereits und ist auch schon halb gefüllt. Er sieht sich die Titel an und nimmt das eine oder andere Album heraus. Als Benjamin schließlich mit einem Skript in der Hand wieder auftaucht, dreht sich Alexander um und hält eine gebrannte CD hoch.

„Eines dieser Dinge ist nicht wie die anderen", sagt er grinsend und zieht die Augenbrauen hoch. „Brahms?"

Benjamin nimmt ihm die CD aus der Hand und stellt sie zurück.

„Das ist der Chor meiner Mutter", sagt er. „Ich kann mir die CD nicht anhören, aber ich kann sie auch nicht entsorgen."

Alexander beißt sich auf die Lippe.

„Tut mir leid", sagt er leise.

„Ist schon gut. Konntest du nicht wissen."

Benjamin atmet tief durch und hält sein Skript hoch.

„Bist du sicher, dass du das hören willst?"

„Absolut sicher", sagt Alexander und schenkt sich Wein nach.

Alexander lauscht Benjamins warmem Bariton, wie man seiner Lieblingsmusik lauscht. Nach anfänglicher Unsicherheit erwärmt sich Benjamin für sein Thema und macht zwischendurch kleine Bemerkungen. Alexander kann ihn sich gut vor einer Klasse vorstellen. Wenn sein eigener Englischlehrer nur ein bisschen was von Benjamin gehabt hätte...mit einiger Verspätung wird Alexander bewusst, dass Benjamin aufgehört hat zu lesen und von einem Ohr zum anderen grinst.

„Was ist los?"

„Das war vermutlich als innerer Monolog geplant", sagt Benjamin trocken. Er grinst immer noch wie ein Honigkuchenpferd. Alexander wird knallrot.

„Hab' ich etwa gerade -"

„Ja, hast du. Wie war er?"

„Wer?"

„Dein Englischlehrer!"

Alexander verbirgt das Gesicht in den Händen.

„Das ist der Wein", nuschelt er.

Benjamin antwortet nicht. Als Alexander den Kopf hebt, hat sich Benjamins komplette Haltung verändert, und seine Stimme auch. Sie ist ganz weich, als er leise sagt:

„Ich hatte gehofft, es liegt *nicht* am Wein."

Alexander erstarrt, unfähig, etwas zu sagen, unfähig, einen klaren Gedanken zu fassen. Benjamin kaut auf seiner Lippe.

„Ich meine, damals – mochtest du mich. Ist lange her, ich weiß, aber -"

Und dann verlässt ihn der Mut. Alexander kann förmlich sehen, wie er sich zurückzieht, sich dagegen wappnet, zurückgewiesen zu werden. Wenn er seine geliebte Lederjacke anhätte, würde er den Kragen hochklappen und den Reißverschluss ganz hochziehen. Jetzt hat er nur einen alten schwarzen Kapuzenpulli, um sich zu verstecken, und genau das tut er auch. Seine Hände verschwinden in den Taschen, und er zieht den Kopf ein. *Sag was, Alexander, verdammt noch mal, bevor Benjamin sich vor Scham in Luft auflöst!* Aber er kann nicht. Sein Gehirn kann nicht damit umgehen, dass Benjamin an ihm interessiert sein könnte – er hat so viel Zeit damit verbracht, sich den Mann aus dem Kopf zu schlagen.

Benjamin richtet sich auf.

„Tut mir leid. Wahrscheinlich ist es wirklich der Wein. Ich hätte nicht davon ausgehen dürfen -"

Er holt Luft. Alexander kann nicht fassen, wie tapfer der Junge ist, aber er ist immer noch unfähig, etwas zu sagen.

„Danke jedenfalls für deine Hilfe heute."

Nein. Nein nein nein nein nein! Sag was! Irgendwas! Aber sein Kopf ist leer. Als Benjamin aufsteht, reagiert Alexander instinktiv auf seine abweisende Körpersprache und steht auch auf. Und dann sieht er Benjamin an und beginnt zu zittern.

„Alexander? Ist alles in Ordnung?"

„Nein!"

Na endlich!

„Überhaupt nichts ist in Ordnung! Ich bin so weit weg von ‚in Ordnung', dass ich nicht mal Worte dafür habe!"

Benjamin legt ihm die Hände auf die Schultern.

„Du machst mir Angst."

Das zeigt Wirkung. Wie ein Schlag ins Gesicht oder ein Eimer kaltes Wasser sorgen diese Worte endlich dafür, dass Alexanders Gehirn wieder arbeitet.

„Du bist unglaublich, Benjamin, und ich bin gerade dabei, mich von Neuem in dich zu verlieben. Ich bin ein Idiot! Es tut mir leid, wenn du auch nur einen Augenblick lang gedacht hast, ich würde mich nicht mehr für dich interessieren, nur weil ich nicht in der Lage war zu reagieren. Es tut mir so leid!"

Benjamin fängt an zu lachen. Ein leises Kichern, das sich zu einem echten, herzhaften Lachen steigert, mit Tränen und Schluchzen, und Alexander stimmt ein, weil es ansteckend ist. Als sie sich schließlich wieder beruhigt haben, nimmt Benjamin ihn in den Arm.

„Du bist wirklich ein Idiot, Herr Therapeut."

„Ich weiß. Es tut mir leid."

„Das hatten wir schon."

Benjamin lässt ihn los und sieht ihn an.

„Kann ich dich bitte küssen?"

Alexander nickt nur, und dann gibt es nichts mehr außer diesem wundervollen jungen Mann, sanft und stark, unsicher, frech, brillant und unglaublich schön, und Alexander verliert sich in diesem Kuss.

Kapitel 10

Sie sitzen auf der Couch, umgeben von Umzugskisten. Die inzwischen leeren Tassen haben sie auf einer abgestellt, auf der „Küche" steht. Benjamin hat den Kopf in den Nacken gelegt, seine Augen sind geschlossen. Eine Gelegenheit für Alexander, ihn sich genau anzusehen. Er sieht entspannt aus. Erschöpft, aber zufrieden

„Freust du dich auf's Unterrichten?"

Benjamin lächelt nur, ohne seine Haltung zu verändern.

„Ja. Hab' ich ja schon früher gemacht, während des Referendariats, aber jetzt wird's ernst. *Meine* Verantwortung. Das gefällt mir – und es macht mir ein bisschen Angst."

„Die besten Dinge beginnen so", sagt Alexander, und erst nachdem er es gesagt hat, wird ihm klar, dass er vielleicht auch noch etwas Anderes gemeint hat. Benjamin spürt es auch. Er sieht Alexander mit einem etwas unsicheren Lächeln an.

„Ich weiß nichts über dich", stellt er fest, und es klingt fast überrascht.

„Was willst du wissen?"

Da ist es. Das Lächeln wird breiter, frecher.

„Lass mich nachdenken – *erzähl mir etwas über dich, das du für relevant hältst.*"

Alexander prustet los.

„Möchtest du deine Berufswahl noch mal überdenken? Du würdest auch einen guten Therapeuten abgeben!"

Benjamin grinst immer noch.

„Na ja, man hat mir zumindest attestiert, ich hätte eine gute Beobachtungsgabe."

Alexander nickt. Seine Stimme ist weicher, ernsthafter, als er bestätigt:

„Hast du. Das ist eine wunderbare Fähigkeit, vor allem, wenn man mit jungen Menschen arbeitet."

Benjamin räuspert sich und sieht Alexander vielsagend an.

„Im Moment beobachte ich, dass du der Frage ausweichst."

„Tut mir leid. War abgelenkt von deinem Charme. Wie war die Frage?"

„Ernsthaft?!"

Alexander zuckt mit den Schultern. Benjamin schüttelt grinsend den Kopf.

„Erzähl mir was über dich. Was muss ich wissen?"

„Oh, stimmt. Mein Lieblingsthema."

Benjamin verdreht die Augen. Alexander atmet tief durch.

„Okay...ich komme aus einer Familie von Ärzten. Mein Großvater war ein Genie. Wie er über den menschlichen Körper und seine Funktionsweisen geredet hat, hat mich fasziniert. Ich habe stundenlang in seinen Anatomiebüchern geblättert, lange bevor ich lesen konnte. Ich kannte jede Menge medizinische Fachbegriffe, bevor ich in die Schule kam. Ich lag immer mit seinen Büchern unter dem Schreibtisch in seinem Arbeitszimmer, und jedes Mal, wenn ich etwas nicht verstanden habe oder mir etwas unheimlich war, hat er es mir erklärt. Hat mir Zeichnungen gemacht, Abbildungen gesucht."

„Klingt nach einer glücklichen Kindheit."

Es liegt keine Bitterkeit in Benjamins Stimme. Alexander sieht ihm direkt in die Augen.

„Ich war ein sehr glückliches Kind, wuchs in einer liebevollen Familie auf, die mich immer unterstützt hat. Ich hatte sehr viel Glück."

Benjamin sieht aus, als ob er etwas sagen will, tut es aber nicht. Nach einer Pause fragt er:

„Warum hast du dann Psychologie studiert und nicht Medizin?"

„Das war wohl Schicksal, wenn man es so nennen will", seufzt Alexander. „Ich habe angefangen, Medizin zu studieren, wollte Chirurg werden, wie mein Vater. Er hat mir mal von diesem ganz besonderen Gemütszustand im OP erzählt – er sagt, es ist wie ein Tunnel. Voll konzentriert auf das, was er tut. Das hat sich so beeindruckend angehört, und gleichzeitig ist er absolut bescheiden damit umgegangen. Das wollte ich auch. Wissen. Geschick. Sicher auch Macht, aber für etwas Gutes, um zu helfen und zu heilen...wie auch immer. Nach dem ersten Semester hatte ich einen Skiunfall."

Alexander betrachtet seine Hände.

„Komplizierte Brüche in beiden Händen, eine Sehne in der rechten Hand abgerissen. Ich war ewig in Therapie, aber es wurde bald klar, dass ich kein Skalpell würde halten können. Sie zittern immer noch, wenn ich gestresst bin. Ich kann es einigermaßen kontrollieren, aber -"

Er atmet durch.

„Der Traum war geplatzt. War so ziemlich der Tiefpunkt in meinem Leben. Gut, dass wir das beim ersten Date aus dem Weg geschafft haben", sagt er mit einem Achselzucken, das seine wahren Gefühle nur unzureichend verbirgt. Benjamin verzieht das Gesicht.

„Tut mir leid. Ich wollte nicht..."

„Ist schon gut. War ja meine Entscheidung, es dir zu erzählen. Und ich habe das ernst gemeint. Ich glaube, es ist gut, dass du mich auch mal so siehst."

„Weil du mich so gesehen hast. Mehr als einmal."

„Ja."

Alexander atmet nochmal tief durch.

„Na ja jedenfalls ist die beste Freundin meiner Mutter Psychologin, deshalb kam sie auf diese Idee. Zuerst hat es sich wie ein Trostpreis angefühlt. Mein bester Freund Paul hat das auch immer gesagt: dass er ein *richtiger* Arzt wird, während ich nur so tu. Aber schon bald hat mich die Psychologie genauso fasziniert wie die Medizin, vielleicht sogar noch mehr. Während all der Jahre an der Uni haben mein Vater und mein Großvater immer nach meinem Studium gefragt. Sie wollten meine Meinung zum „Fall des Tages", so haben wir das am Esstisch immer genannt. Dadurch habe ich erkannt, wie wichtig die Psyche für das Befinden der Patienten ist, zusätzlich zum körperlichen Zustand, quasi darunter liegend."

Er lächelt etwas beschämt.

„Tut mir leid. Hab' mich hinreißen lassen."

Als er Benjamin in die Augen sieht, ist da nur Wärme.

„Dir braucht gar nichts leid zu tun. Ich könnte dir ewig zuhören, wenn du über deine Arbeit redest. So voller Leidenschaft – sehr sexy."

Alexander zieht den Kopf ein.

„Ist das nicht komisch für dich? Ich meine, wenn man bedenkt, wie wir uns kennengelernt haben und so?"

„Ein bisschen, wenn ich zu viel drüber nachdenke. Andererseits verdanke ich dir so viel. Ich war damals echt am Boden. Du hast mich wieder hingekriegt."

„Oh nein. So läuft das nicht."

„Du weißt, was ich meine. Ich hätte das nicht allein geschafft."

Alexander sieht ihn einen Moment lang an.

„Habe ich gern gemacht", sagt er sanft.

Für eine Weile schweigen sie beide, in Gedanken versunken. Dann lächelt Benjamin.

„Ich hab' schon ganz schön für dich geschwärmt, weißt du das eigentlich?"

Alexander starrt ihn an.

„Bitte was?"

„Ich war mir damals nicht sicher, was es war – Dankbarkeit, Abhängigkeit, Schwärmerei, keine Ahnung. Es war ewig her, dass ich mich zuletzt für einen Kerl interessiert hatte. Ich war mir nicht mal mehr sicher, ob ich überhaupt auf Männer stehe. Aber für *dich* habe ich was empfunden. Weil du für mich da warst, zuverlässig, ruhig, nie verletzend. Mit dir habe ich über alles geredet. Aber das hat auch bedeutet, dass ich niemanden hatte, mit dem ich hätte über *dich* reden können. Die meisten Leute, mit denen ich zu tun hatte, hätten mich windelweich geprügelt dafür, dass ich einen Kerl auch nur anschaue, und die, für die das okay gewesen wäre, hätten Anstoß an der Therapeuten/Patienten-Konstellation genommen. Ich war vollkommen allein mit dem Thema."

„Und dann habe ich dich rausgeworfen."

„Und dann hast du mich rausgeworfen, ja."

Alexander rutscht etwas näher und wendet sich Benjamin zu.

„Ich weiß nicht, wie ich dich dafür um Verzeihung bitten soll, Benjamin."

„Du hast es erklärt, und ich verstehe das. Es gab keine gute Lösung für das Dilemma. Außer, dich nicht zu verlieben. Aber das kann ich dir wohl kaum zum Vorwurf machen."

Sie stellen gleichzeitig fest, wie das klingt, und prusten los. Benjamin wischt sich die Tränen aus den Augen und versucht, zu Atem zu kommen.

„Was ich sagen wollte, war -"

„Man kann es mir nicht zum Vorwurf machen kann, dass ich mich in *das hier* verliebt habe", deklamiert Alexander und gestikuliert mit beiden Händen Richtung Benjamin.

„Was ich *sagen wollte*", versucht Benjamin es erneut, „ist, dass man nicht kontrollieren kann, in wen man sich verliebt."

„Hab' dich schon verstanden"; sagt Alexander leise. „Glaub' mir, ich hab's versucht. Sämtliche Stadien waren vorhanden – Unwissenheit, Verleugnung, Widerstand. In der Nacht, als ich mir endlich eingestanden habe, was ich für dich empfinde, habe ich mich so betrunken, dass ich mich am nächsten Tag krankgemeldet habe. Ich wusste nicht, was ich tun sollte. Das heißt, eigentlich wusste ich es durchaus. Es gab nur einen Weg."

Nach einer kleinen Pause sagt Benjamin:

„Es ist okay, Alexander. Hör auf, dir Vorwürfe zu machen. Es gab keine andere Lösung. Und ich habe es ja überlebt."

„Du hast dich nie bei meiner Kollegin gemeldet."

„Hast du das überwacht?"

„Ich habe sie ein- oder zweimal gefragt. Sie sagte sie hat nichts von dir gehört."

„Es war nicht nötig. Mir ging's ganz gut. Ein paar Stunden Beratung habe ich an der Uni gemacht. Wieder zurück an die Uni zu gehen war das Beste, was ich tun konnte. Neue Leute. Ein Tapetenwechsel. Und endlich habe ich mich wieder mit den Dingen beschäftigt, die ich gerne tue und die ich gut kann. Es ging mir gut. Es *geht* mir gut, Alexander. Kannst du bitte aufhören, dir Sorgen um mich zu machen?"

„Niemals."

Das Lächeln, das dieses eine Wort hervorruft, schreit einfach nach einem Kuss. Benjamin ist es nicht gewöhnt, dass sich jemand um ihn kümmert, und es bringt ihn aus dem Konzept, aber Alexander sieht, wie gut es ihm tut. Er nimmt Benjamins Gesicht in beide Hände, und ja, sie zittern ein wenig.

„Ich werde niemals aufhören, mir Sorgen um dich zu machen", flüstert er ganz nah an Benjamins Mund, „weil du es wert bist."

Dieser Kuss ist anders als der erste. Es liegt ein Versprechen darin, eine Versicherung. Es fühlt sich an wie der erste Schritt einer Reise.

Kapitel 11

In den darauffolgenden zwei Wochen bekommt Alexander Benjamin nicht annähernd so oft zu Gesicht, wie er es gern hätte, denn der zukünftige Lehrer steckt bis über beide Ohren in seinen Büchern. Sie schreiben einander ein paar Mal am Tag, und am letzten Abend der Ferien kann Alexander Benjamins Nervosität förmlich übers Handydisplay spüren.

A: Soll ich vorbeikommen?

B: Nicht nötig. Ich werde früh schlafen gehen.

A: Es ist 23:48!

B: Ich bin auch schon im Bett.

A: Was hast du an?

A: War nur ein Scherz.

Benjamin schickt ein grinsendes Emoji.

B: Wüsstest du wohl gern.

Fünf Minuten vergehen. Sie starren beide auf ihre Handys, dann tippt Alexander auf Anrufen.

„Hey."

„Hey. Ich kann nicht aufhören, mir das vorzustellen – du im Bett. Keine Ahnung, was ich sagen könnte, das nicht merkwürdig klingt. Noch merkwürdiger, meine ich."

Er seufzt.

„Wie auch immer – ich finde es schade, dass du dort bis und ich hier. Ich wäre lieber bei dir."

Benjamin ist verdächtig still.

„Benjamin? Ist zwischen uns alles in Ordnung?"

„Ich versuche, mich zu entscheiden."

„Bezüglich?"

„Was ich will."

Alexander wird blass.

„Was meinst du?"

Eine weitere Pause entsteht.

„Ich hätte dich auch lieber hier bei mir, glaube ich."

Alexander atmet aus.

„Dann komme ich."

„Es ist fast Mitternacht."

„Und?"

„Und ich brauche Schlaf. Du übrigens auch."

„Wirst du schlafen können, wenn ich da bin?"

Noch eine Pause, aber diesmal fühlt sie sich anders an.

„Du würdest mitten in der Nacht herfahren, nur, um mir beim Schlafen zuzusehen?"

Die Vorstellung erzeugt ein warmes, wohliges Gefühl in Alexanders Magen.

„Ich würde barfuß nach Australien laufen, um dir beim Schlafen zuzusehen."

Benjamins Lachen verstärkt das warme, wohlige Gefühl noch.

„Du bist ein Idiot."

„Also? Willst du heute Nacht einen Idioten oder nicht?"

Alexander ist sich fast sicher, dass Benjamin nein sagen wird, aber er sagt ja. Sehr leise. Alexander kann das scheue kleine Lächeln fast sehen, das Benjamin immer auf den Lippen hat, wenn er Angst hat, verletzt zu werden, aber etwas dringend genug will, um es trotzdem zu riskieren.

„Bin unterwegs."

Benjamin öffnet die Tür in Jogginghose und T-Shirt, barfuß, mit leicht verwuschelten Haaren. Alexander findet, dass er noch nie so weich gewirkt hat. Und er ist nervös. Alexander schließt die Tür hinter sich und nimmt ihn in den Arm. Als Benjamin sich entspannt, sagt Alexander sanft:

„Komm, ich bringe dich ins Bett."

Benjamin nickt und tapst ins Schlafzimmer. Alexander war nicht mehr in diesem Zimmer seit dem Tag, an dem Benjamin eingezogen ist, und damals hat es noch nicht nach Schlafzimmer ausgesehen. Jetzt fühlt es sich so sehr nach Benjamin an, es sieht nach Benjamin aus und riecht nach ihm, und es fühlt sich unglaublich intim an, das Zimmer auch nur zu betreten. Benjamin setzt sich aufs Bett.

„Ist doch bescheuert – so angespannt zu sein, nur wegen eines Jobs", sagt er mit gesenktem Kopf.

Der Tag, an dem er zurück in die Schule muss. Zweiter Anlauf neunte Klasse, nach fünf Monaten Klinik. Die Angst vor der Angst. Das Gefühl, es nicht zu schaffen. Wegrennen. Verstecken.

Alexander studiert Benjamins Haltung.

„Woran denkst du?", fragt er leise.

Benjamin sieht ihn an.

„Ich hab' dir nie von meinen Attacken erzählt."

Alexander kauert sich vor ihn hin.

„Nein. Hast du nicht. Möchtest du?"

Benjamin schüttelt den Kopf.

„Es reicht, wenn du weißt, dass ich sie hatte. Damals, mit 15. Panikattacken, innere Unruhe, Beklemmungen. Das Ritzen, die Verbrennungen. Gegessen hab' ich auch nicht so, wie ich sollte. Ich war in der psychosomatischen Klinik deswegen, fünf Monate."

Er atmet tief durch.

„Das ist alles vorbei. Es liegt hinter mir. Trotzdem fühlt es sich jetzt gerade genauso an wie damals, als ich wieder zur Schule gehen sollte."

„Dein Körper erinnert sich. Er weiß noch nicht, dass es diesmal anders ist, deshalb fällt er in alte Muster zurück."

Benjamin sieht nachdenklich aus. Alexander zuckt mit den Schultern.

„Sorry. Ich versuche, dir ein Freund zu sein, aber manchmal kann ich nicht verhindern, dass der Therapeutenmodus angeht."

Benjamin lächelt dankbar.

„Kann ich heute ganz gut gebrauchen, scheint mir."

Alexander nimmt Benjamins Hände in seine.

„Du bist nervös, das war zu erwarten. Du wirst das hervorragend machen, sobald du dich reingefunden hast, aber erste Tage sind immer hart."

„Ich kann mir nicht vorstellen, dass Diplompsychologe Alexander Senne vor seinem ersten Arbeitstag gezittert hat wie Espenlaub."

„Du hast ja keine Ahnung..."

Benjamin schaut ihn überrascht an.

„Kannst du mir davon erzählen? Ohne Namen, natürlich?"

„Nur, wenn du's dir zuerst bequem machst."

Benjamin lächelt ihm zu und legt sich hin, auf die Seite, so dass er Alexander weiterhin anschauen kann. Alexander zögert kurz, aber dann streckt er die Hand aus und zieht die Decke über Benjamins Schulter. Er kommt sich ein bisschen blöd vor dabei, aber nur solange, bis sich ihre Blicke treffen. Benjamin hat sich in die Decke gekuschelt, einen Zipfel unter seiner Wange. Alexander versucht, eine bequemere Position auf dem Boden zu finden.

„Was machst du da unten? Das ist definitiv zu weit weg", schmollt Benjamin, und dieser Blick müsste eigentlich illegal sein. Alexander sieht ihn amüsiert und ein bisschen unsicher an.

„Bitte?", hakt Benjamin nach.

Alexander schluckt.

„Benjamin Godan, versuchst du, mich ins Bett zu kriegen?"

Benjamin schaut ihn mit seinem besten Hundeblick an, und er gibt mit einem Lachen nach.

„Du bist unmöglich. Du kannst froh sein, dass du so heiß bist."

Benjamin schmiegt sich mit dem Rücken an Alexanders Brust.

„Findest du?"

„Das weißt du doch."

Benjamin gibt einen leisen, überraschten Laut von sich. Es ist süß und gleichzeitig herzzerreißend. Alexander versteht beim besten Willen nicht, wie der Kerl auch nur einen Moment lang an seiner Attraktivität zweifeln kann. Er stützt sich auf einen Ellbogen und sieht auf Benjamin hinunter.

„Bereit für deine Gutenachtgeschichte?"

Benjamin wacht auf, als sein Wecker klingelt, und er erinnert sich sofort, welcher Tag heute ist. Die Angst ist zurück. Und dann erinnert er sich an Alexanders Stimme, die ihn in den Schlaf wiegt. Alexander ist weg, aber sein Handy blinkt. Er greift danach und sieht drei Nachrichten von Alexander – und zwei weitere, aber er öffnet Alexanders zuerst.

2:13 Bin wieder zu Hause. Du bist süß, wenn du schläfst.

2:14 Eigentlich bist du immer süß. Hoffe du träumst was Schönes.

6:02 Heute ist der große Tag! Du schaffst das! Lass mich wissen, wie es gelaufen ist. (Sind Handys in der Schule erlaubt?) Zwinker-Emoji

Die anderen Nachrichten sind von Chris und Angie. Seine Kommilitonen sind vermutlich zu beschäftigt mit ihrem eigenen ersten Tag, und dass sein Vater sich nicht meldet, wundert ihn nicht. Er schließt einen Moment die Augen.

„Hallo Mama", sagt er ganz leise, „heute ist der große Tag. Ich wünschte, du wärst hier, um mir Glück zu wünschen. Du würdest wahrscheinlich sagen, dass ich kein Glück brauche, weil ich gut bin, oder so was. Kannst du heute bitte einfach ein Auge auf mich haben?"

Während er seinen Tee trinkt, schreibt er an Alexander:

„Bin so gut wie auf dem Weg. Fühl mich ganz okay. Danke für gestern Nacht!"

Kapitel 12

Während der Mittagspause ist Benjamin zu sehr damit beschäftigt, seine Kollegen kennen zu lernen und sich im Schulhaus zurecht zu finden, um auf sein Handy zu schauen. Als er die Schule endlich verlässt, ist er erschöpft. Er sitzt im Auto auf dem Parkplatz und versucht, die Eindrücke des Tages zu verarbeiten, aber es ist einfach alles zu viel. Er würde so gern mit Alexander reden, und mit Angie, und Chris, und er will unbedingt wissen, wie es allen anderen an ihrem ersten Tag ergangen ist, aber dann wird ihm klar, dass er das niemals alles verarbeiten könnte. Dann also nur Alexander, beschließt er, und schaltet sein Handy ein. Jede Menge Nachrichten... ohne irgendeine davon zu lesen, schreibt er:

„Kann ich dich besuchen?"

Ein paar Sekunden später klingelt das Handy. Alexander klingt besorgt:

„Geht's dir gut?"

Benjamin lässt den Kopf gegen die Stütze fallen und atmet aus.

„Ja, ich glaube schon. Es ist einfach – 'ne Menge zu verarbeiten."

„Bist du sicher, dass du vorbeikommen willst? Ich brauche bestimmt noch zwei Stunden, bis ich zu Hause bin, und du müsstest später noch heim fahren...es sei denn...na ja, du könntest bleiben, aber dann müsstest du morgen früh fahren..."

„Sag es einfach, wenn du mich nicht sehen willst", sagt Benjamin, und er meint es nur halb im Scherz.

„So ein Quatsch."

„Wie wär's wenn ich in der Praxis vorbeikomme? Du könntest mich zwischen zwei Terminen schnell mal in den Arm nehmen."

Er gibt sich große Mühe, nicht allzu bedürftig zu klingen.

„Klar, klopf einfach."

„Auf keinen Fall werde ich eine Sitzung unterbrechen. Ich weiß, dass du das hasst."

„Ist schon in Ordnung. Lass mich einfach wissen, wenn du da bist."

Es fühlt sich merkwürdig an, nach all den Jahren wieder in der Praxis zu sein – diesmal als Gast, oder Freund, oder was auch immer sie derzeit füreinander sind, und nicht als Patient. Er setzt sich ins Wartezimmer, wie er es früher auch getan hat. Nach einer Weile wird ihm bewusst, dass er sich sogar auf den gleichen Platz gesetzt hat wie damals. Er bringt es nicht über sich, an die Tür des Behandlungszimmers zu klopfen. Es war eine dumme Idee, hierher zu kommen. Er steht auf und geht Richtung Ausgang. Seine Kehle ist wie zugeschnürt. Er würde Alexander wirklich gern sehen, aber er hat kein Recht, hier zu sein und ihn bei der Arbeit zu stören. Alexanders Patienten brauchen ihn, es ist ihre Zeit, nicht seine. Und dann geht die Tür auf und Alexander sieht ihn mit einem sanften, liebevollen Lächeln an, das Benjamins Herz zum Schmelzen bringt und gleichzeitig seine Seele heilt.

„War mir doch so, als hätte ich was gehört."

Benjamin weicht seinem Blick aus.

„Tut mir leid."

Alexander durchquert den Raum mit drei schnellen Schritten.

„Ich hab' dir doch gesagt, dass es in Ordnung ist. Es ist okay, dass du hier bist. Um ehrlich zu sein, bin ich froh, dass du hier bist. Ich – hab' dich vermisst."

Alexander sieht ihn an, eine stumme Bitte um Erlaubnis, und Benjamin gibt nach. Er breitet die Arme aus, und Alexander macht noch einen letzten Schritt auf ihn zu. Sie umarmen sich, halten einander für einen kostbaren Augenblick fest, und bevor sie wieder loslassen, streifen Alexanders Lippen Benjamins Hals für einen winzigen Moment.

„Ich muss wieder rein", murmelt Alexander, und Benjamin nickt.

„Danke", sagt Benjamin mit einem kleinen Lächeln. „Rufst du mich nachher an? Falls du ein bisschen Zeit hast?"

„Mach' ich."

An fast jedem Abend dieser Woche erzählen sie sich gegenseitig, wie ihr Tag war, und am Freitagmorgen, bevor Benjamin das Haus verlässt, schreibt er:

„Du fehlst mir. Können wir uns am Wochenende sehen?"

A: „Ich werde heute ziemlich lange arbeiten, und morgen bin ich auf einer Konferenz."

B: „Verstehe, dann willst du wahrscheinlich am Sonntag deine Ruhe haben."

A: „Ich würde lieber ‚unsere' Ruhe haben."

Benjamin lächelt vor sich hin.

A: „Die Konferenz sollte um 16:00 aus sein. Willst du gegen 18:00 zu mir kommen? Ich koche."

B: „Du musst nach einem anstrengenden Tag nicht auch noch kochen. Ich kann was mitbringen."

A: „Das ist kein Problem. Mir macht das Spaß. Du kannst helfen, wenn du möchtest."

Benjamin ist kein besonders guter Koch, aber mit Alexander zusammen zu arbeiten, ist eine schöne Vorstellung.

A: „Cool. Ich bring' was zu trinken mit."

Eine ganze Weile bleibt sein Handy still. Gerade, als Benjamin aufbrechen will, kommt doch noch eine Nachricht.

B: „Möchtest du über Nacht bleiben?"

Herr Godan ist etwas abgelenkt während dieses Schultages. Will er über Nacht bleiben? Nach dem dritten Schreibfehler reißt er sich zusammen. Seine Schüler amüsieren sich prächtig, aber unendlich oft kann man den alten „Ich wollte nur sehen, ob ihr aufpasst" Spruch eben auch nicht bringen. Nach der letzten Stunde bleibt er an seinem Pult sitzen und zieht sein Handy heraus. Eine Nachricht von Alexander:

„Sorry, falls das zu plump oder zu plötzlich war! Wir können auch einfach nur zusammen essen. Vielleicht einen Film schauen?"

Abgeschickt drei Stunden nach der anderen. Er muss die ganze Zeit darüber nachgedacht haben...Benjamin fühlt sich schuldig. Er drückt die Anruftaste, nachdem er tief Luft geholt hat. Aber natürlich arbeitet Alexander noch und geht nicht ans Handy.

„Hey, ich bin's. Tut mir leid...ich musste erst mal nachdenken, aber – ich würde *gerne* über Nacht bleiben. Ich hoffe, du hast dir nicht zu viele Gedanken gemacht...du bist hoffentlich nicht sauer auf mich?"

Er steckt sein Handy wieder ein und schließt die Augen. Sein Herz schlägt schneller. Das war's. Er hat ja gesagt.

Ein paar Stunden später klingelt Benjamins Handy. Er braucht einen Moment, bis er drangehen kann.

„Hey", sagt Alexander.

„Hey! Du klingst müde."

„Bin ich auch. War ein langer Tag. Was machst du?"

Benjamin grinst.

„Also, um ehrlich zu sein, nehme ich gerade ein Bad."

Eine Pause entsteht.

„Das machst du doch mit Absicht."

Benjamin schmunzelt.

„Na ja, es war schon einigermaßen absichtlich – ist nicht so, dass ich in die Wanne gefallen wäre oder so."

Das bringt Alexander zum Lachen. Benjamin mag dieses Lachen, warm und voll und schon ein bisschen weniger gestresst. Und dann räuspert sich Alexander.

„Hör mal, wegen dieser letzten Nachrichten."

Benjamin hört auf zu lächeln.

„Ja?"

„Irgendwie ist es blöd, dass ich nicht weiß -" Er seufzt. „Scheiße. Wir sollten das nicht am Telefon machen."

„Was machen?"

„Egal. Willst du wirklich übernachten?"

„Na ja, muss nicht sein, wenn du lieber -"

Die Stille zwischen ihnen dehnt sich. Dann holt Alexander Atem. Seine Stimme ist nachdrücklich, aber sehr sanft:

„Ich vermisse dich, Benjamin. Es ist schön, deine Stimme zu hören, aber gleichzeitig wünsche ich mir, du wärst hier. Wünsche mir, ich könnte dich ansehen. Dir nahe sein. Ich wünsche mir das so sehr für morgen. Aber ich bin mir nicht sicher, ob du das auch so siehst, und ich schätze, ich hab' einfach Angst. Oh Mann. Dass du gerade nackt bist, hilft mir kein bisschen", sagt er, und Benjamin kann hören, wie sich ein Grinsen in seinen Stimme stiehlt. Sie fangen beide an zu lachen. Benjamin beruhigt sich als Erster.

„Okay hör zu, ich würde wirklich gern Zeit mit dir verbringen. Ich hab' dir so viel zu erzählen. Warum gehst du morgen nicht einfach zu deiner Konferenz – ich habe übrigens selber eine Menge zu tun – und dann essen wir zusammen und – sehen einfach, was passiert, okay?"

„Okay."

„Also bin ich um sechs bei dir."

„Ich freu' mich. Schlaf gut."

„Du auch."

Benjamin legt das Handy weg und entspannt sich. Ein warmes, glückliches Lächeln breitet sich auf seinem Gesicht aus.

Kapitel 13

Am nächsten Tag gibt Benjamin sich große Mühe, alles zu schaffen, was auf seinem Plan steht, aber er muss immer wieder an den Abend mit Alexander denken. Und an die Nacht. Es ist eine Weile her, dass irgendwas passiert ist, das über ein bisschen knutschen auf einer Tanzfläche hinaus ging. Und Alexander ist etwas Besonderes. Benjamin versucht, sich an seine Gefühle von damals zu erinnern. Was hat er damals für den deutlich älteren Alexander empfunden? Ganz sicher war es Schwärmerei, vielleicht ein bisschen Heldenverehrung. Jetzt fühlt es sich anders an. Als ob sie auf Augenhöhe sind. Mehr oder weniger. Natürlich sind sie immer noch ein paar Jahre auseinander, aber Benjamin empfindet es nicht mehr als großen Altersunterschied. Er beginnt zu lächeln. Er freut sich wirklich darauf, Alexander zu sehen, auch wenn er nervös ist, und ein bisschen unsicher.

Als er schließlich bei Alexander klingelt, ist er *sehr* nervös und *sehr* unsicher. Und beides fällt einfach von ihm ab, als Alexander die Tür aufmacht und ihn anlächelt, als wäre er das Beste, das Alexander seit Langem passiert ist.

„Hey", begrüßt ihn Alexander, und sie umarmen sich, nur kurz, aber fest.

Benjamin stellt seinen Rucksack ab und schlüpft aus seiner Lederjacke. Alexander nimmt sie ihm ab und hängt sie auf.

„Willst du die Schlossführung?"

„Klar!"

Sie beenden die Führung in der Küche, und Benjamin wird zum Gemüse schneiden und Salat putzen eingespannt, während

Alexander Bolognese macht. Sie öffnen den Wein, den Benjamin mitgebracht hat, und reden über die vergangene Woche, und dann ist alles bereit, und sie setzen sich an den Tisch, den Alexander schon gedeckt hat.

„Das ist wirklich lecker, Alexander."

„Danke. Pasta ist ein Wohlfühlessen für mich, Futter für die Seele sozusagen."

„Und du dachtest, ich könnte das gebrauchen?"

Er nimmt einen Schluck Wein und sieht Alexander über den Rand seines Glases an. Alexander spielt mit seiner Gabel, ohne aufzublicken.

„Ich dachte, *ich* könnte es gebrauchen."

Als er schließlich doch den Blick hebt, schaut Benjamin ihn fragend an.

„Du machst mich nervös. Das hier, du und ich, das macht mich nervös."

„Ist okay", sagt Benjamin mit einem Lächeln, „mich auch."

Eine Weile essen sie schweigend und sehen sich ab und zu kurz an. Irgendwann fängt Benjamin an, über seine Schüler zu reden.

„Ich will mir unbedingt alle Namen so schnell wie möglich merken, deshalb habe ich mir Skizzen davon gemacht, wer wo sitzt. Und ich weiß, ich sollte keine Lieblingsschüler haben, aber dieser eine Junge erinnert mich so sehr an mich selbst, dass ich ihn einfach mögen muss."

„Wie ist er?", fragt Alexander, und sie wissen beide, dass die Frage eigentlich lautet ‚Wie warst du in seinem Alter?'

„Clever, aber schüchtern. Immer besorgt, er könnte etwas Falsches sagen, aber wenn er sich mal traut, ist es normalerweise richtig."

Benjamin spielt mit seinem Glas.

„Ich hab' da diese Idee...erinnerst du dich an meine Henry-Bearbeitung?"

„Na klar!"

„Ich würde gern ein Theaterprojekt machen, das darauf basiert. Und er wäre der perfekte Prinz Hal. Und dann gibt es da ein Mädchen – wir haben darüber gesprochen, was die Schüler später mal werden wollen, und sie sagte, sie würde gern Psychologie studieren. Sie ist intelligent, aber Schule hat nicht gerade die oberste Priorität in ihrem Leben. Ich glaube, sie ist ein bisschen faul."

„Vielleicht sollte ich mal mit ihr reden", sagt Alexander und grinst.

„Um ehrlich zu sein, habe ich darüber auch schon nachgedacht. Wir haben demnächst Orientierungswoche...sie könnte eine kleine Ansprache vertragen, denke ich – du weißt schon, dass sie richtig gute Noten braucht, um zu studieren, und so. Und bitte erzähl' ihr, was für ein toller Beruf das ist."

„Findest du?"

„Finde ich. Und du bist gut."

Alexander wird ein bisschen rot.

„Wie auch immer. Erzähl' mir was über die Konferenz!"

Alexander erzählt, etwas zögernd zuerst, aber dann immer enthusiastischer. Benjamin hört zu, und er findet Alexanders Begeisterung unwiderstehlich. Er verliert sich in seiner Stimme, fasziniert von dem Funkeln in Alexanders Augen und seinen lebendigen Gesten – und dann hält Alexander plötzlich inne. Ein Lächeln stiehlt sich auf seine Lippen, und er legt den Kopf schief.

„Sorry. Hab' mich hinreißen lassen."

Benjamin schiebt seinen Stuhl zurück und geht um den Tisch herum. Er nimmt Alexanders Hand.

„Geht mir genauso", flüstert er. Seine Fingerspitzen streichen über Alexanders Gesicht, und dann beugt er sich vor und gibt ihm einen sanften, zärtlichen Kuss. Alexander erwidert den Kuss, und sie landen auf der Couch, ohne so recht zu wissen, wie sie dort hingekommen sind.

„Eigentlich hatte ich noch Nachtisch geplant", murmelt Alexander nach einer Weile.

„Würde das voraussetzen, dass einer von uns von der Couch aufsteht?"

„Ich fürchte, ja."

„Dann ist das eine schlechte Idee."

Sie kuscheln sich aneinander, zärtliche kleine Berührungen, reden nicht viel, sondern küssen sich lieber, und ab und zu sehen sie sich einfach nur an.

„Warum machen wir es uns nicht ein bisschen bequemer?", fragt Benjamin schließlich, verschmitzt und unsicher zugleich. Alexanders Herz setzt kurz aus, aber dann nickt er.

„Klingt gut."

Er steht auf, und Benjamin folgt seinem Beispiel.

Im Schlafzimmer küssen sie sich wieder, und ihre Küsse werden schnell immer leidenschaftlicher. Alexanders Hände wandern unter Benjamins T-Shirt, und als ihre Blicke sich treffen und Alexander in Benjamins Augen die Erlaubnis dazu liest, zieht er es ihm über den Kopf. Benjamin knöpft Alexanders Hemd auf und streift es ihm über die Schultern, und dann legt er sich aufs Bett und sieht zu Alexander auf. Der setzt sich und sieht Benjamin lange an.

„Du hast Muskeln zugelegt seit damals."

„Ein bisschen Kraft statt nur Laufen", sagt Benjamin leichthin.

Imagewechsel. Zu viele ältere Typen mit Vorliebe für Twinks, in deren Beuteschema er einfach zu gut passt. Nie ist einer davon auch nur das kleinste bisschen attraktiv.

Dann wird ihm klar, dass das Alexander damals offensichtlich auch gefallen hat. Er kaut auf seiner Lippe.

„Findest du das schlecht?"

Alexander starrt ihn an.

„Bitte was?"

„Na ja...", er zuckt mit den Schultern.

„Das ist jetzt nicht dein Ernst, oder? Du, mein Lieber, bist der Typ Mann, den Kerle wie ich immer nur von Weitem anhimmeln – oder im Spind hängen haben – aber niemals kriegen."

Er gibt sich größte Mühe, nicht an seinem sicher nicht übergewichtigen, aber ganz offensichtlich untrainierten Körper hinunter zu sehen.

„Früher waren die gut aussehenden Männer wenigstens Arschlöcher, und wir Durchschnittstypen hatten *dadurch* eine Chance, dass wir anständige Kerle waren. Aber wenn es jetzt kluge, gutaussehende Männer gibt, die auch noch nette Kerle sind...“

Benjamin prustet los.

„Du bist ein Idiot“, flüstert er und zieht ihn an sich, beide Arme um Alexanders Oberkörper geschlungen. Als Alexander anfängt, sich zu entspannen, rollt Benjamin sich auf ihn und küsst ihn, sanfte kleine Küsse auf Alexanders Wangenknochen, Hals und Brust. Benjamins Lippen streifen seinen Bauch, und Alexanders Kopf fällt in den Nacken. Und dann spürt er sanften Druck und warmen Atem durch seine Jeans hindurch – und erstarrt.

Ein viel jüngerer Benjamin sitzt ihm in der Praxis gegenüber, aufgewühlt, verletzlich, und Alexander sehnt sich danach, ihn zu berühren. Seine Fingernägel bohren sich in die Handfläche. Er bestraft sich, verbietet sich die Sehnsucht. Was er empfindet, ist falsch. Verboten, und das aus gutem Grund. Benjamin vertraut ihm. Was Alexander durch den Kopf geht, ist Missbrauch.

Benjamin setzt sich auf. Alexanders Kiefer sind fest zusammengebissen.

„Alles okay? Hab' ich was falsch gemacht?“

Alexander zwingt sich, seine Muskeln zu entspannen.

„Nein. Es - es tut mir leid. Ich bin ein Idiot.“

Benjamin legt sich neben ihn und sieht ihn an.

„Rede mit mir. Hast du's dir anders überlegt? Ist es zu früh? Zu viel, zu schnell?“

Alexander wendet sich ihm zu und lehnt seine Stirn gegen Benjamins.

„Ich kann nicht. Es tut mir so leid, aber ich kann nicht."

Benjamin schluckt und dreht sich weg.

„Verstehe. Dann – ist schon okay. Tut mir leid. Dann gehe ich jetzt wohl besser."

Alexander ist wie erstarrt. Er sieht zu, wie Benjamin ihm den Rücken zukehrt und sein T- Shirt wieder anzieht. Gleich wird er gehen, und wer weiß, ob er Lust hat, jemals zurückzukommen. Alexander starrt ihn an, gefangen in einer Erinnerung, die nach so langer Zeit immer noch weh tut.

Christian, wie er beleidigt abrauscht, weil Alexander nicht in Stimmung ist. Loszieht und jemand anderen für die Nacht findet. Ihm erklärt, dass er nichts dagegen hat, wenn Alexander es genauso macht. Nicht verstehen will, dass Alexander das nicht will. Dass er sich nichts mehr wünscht, als dass Christian ihn in den Arm nimmt und bei ihm bleibt, auch wenn Alexander nicht 'funktioniert'. Ihr letzter Streit, bei dem Christian ihm vorwirft, dass er ihm die Luft zum Atmen nimmt.

Bitte nicht. Bitte geh jetzt nicht, denkt Alexander verzweifelt, aber er sagt es nicht. Es hat damals nichts genützt. Es würde jetzt auch nichts nützen.

Benjamin dreht sich unter der Schlafzimmertür noch einmal um, unsicher, zögernd. Seine Fingerspitzen streichen über die Türklinke.

„Was hab' ich falsch gemacht?", fragt er leise.

Alexander kann gar nicht schnell genug aufspringen. Er nimmt Benjamins Gesicht in beide Hände und küsst ihn, lang und voller Sehnsucht.

„Nichts", flüstert er, „überhaupt nichts. Es liegt an mir. Bitte geh nicht. Ich will dich nicht verlieren."

Benjamin nimmt Alexanders Hand und geht zurück zum Bett.

„Erklär's mir", sagt er und setzt sich auf die Bettkante. Alexander lässt sich neben ihn fallen.

„Es ist idiotisch."

„Möglich. Erklär's mir trotzdem."

„Es liegt alles nur an mir. Du bist toll, und ich will dich so sehr, dass ich kaum klar denken kann, aber – es gibt etwas, über das wir reden müssen. Ich dachte, ich wäre drüber weg, aber ich kann nicht aufhören, darüber nachzudenken."

„Worüber?"

„Darüber, wie ich mich damals gefühlt habe, als du mein Patient warst. Wie ich dich angesehen habe, wenn du's nicht bemerkt hast. Was ich für dich empfunden habe. Die Dinge, von denen ich geträumt habe. Nichts davon war okay, es war vollkommen unangemessen. Es gibt gute Gründe, warum Therapeuten sich nicht mit ihren Patienten einlassen dürfen. Und jetzt sind wir hier, in meinem Schlafzimmer, in meinem Bett, und ich hab' dich endlich da, wo ich dich immer haben wollte, wie ein beschissener Perverser."

Er fährt sich durch die Haare und versucht, seine Stimme unter Kontrolle zu bringen. Seine Hände zittern.

„Auch wenn du jetzt nicht mehr mein Patient bist – bei all den Dingen, die du mir damals anvertraut hast, komme ich mir vor, als ob ich dich manipuliert hätte, damit du zustimmst, nachgibst, was auch immer. Es tut mir leid, Benjamin. Es tut mir so leid."

Benjamin atmet aus.

„Dir ist schon klar, dass das nicht sehr rational ist."

Alexander lacht leise.

„Ich weiß. Vielleicht sollte ich eine Therapie machen."

„Oder zur Beichte gehen", sagt Benjamin und verdreht die Augen.

Alexander wird ganz still, und dann küsst er Benjamin.

„Du bist genial."

„Ach ja?"

„Ich denke, ich werde morgen in die Kirche gehen."

„Ähm, okay? Wenn's hilft?"

Alexander legt sich hin und sieht zu Benjamin auf.

„Würdest du es sehr merkwürdig finden, wenn ich dich bitte, heute Nacht hier zu bleiben?"

Kapitel 14

Als Alexander nach dem Gottesdienst die Kirche verlässt, achtet er darauf, der Letzte zu sein, der dem Pfarrer die Hand schüttelt. Der grauhaarige Mann drückt seine Hand und lächelt ihn an.

„Alexander! Dich habe ich ja ewig nicht gesehen. Wie geht's dir?"

„Ich bin hier, weil ich gerne mit Ihnen reden würde."

Pfarrer Arnim nickt.

„Dann also Kaffee?"

„Ja, bitte."

Sie gehen schweigend nebeneinander her. Kurze Zeit später sitzen sie in der gemütlichen Küche des Pfarrhauses. Alexander starrt in seine Tasse und versucht, die richtigen Worte zu finden.

„Möchtest du mit Smalltalk beginnen oder mir lieber direkt sagen, warum du hier bist?"

Alexander lächelt dankbar und entspannt sich ein wenig.

„Es gab da diesen jungen Mann, den ich behandelt habe, und nach einer Weile wurde mir klar, dass ich... dabei war, mich in ihn zu verlieben."

Er seufzt und fährt sich übers Gesicht.

„Ich habe mich dabei erwischt, wie ich ihn angesehen habe, an ihn gedacht habe – auf eine Art, wie ich es nicht gedurft hätte."

Sehr vorsichtig sagt Arnim:

„Hast du jemals etwas Unethisches oder Unmoralisches *getan*?"

„Nicht... na ja... nein. Ich habe die Therapie beendet."

„Und das war genau richtig. Hast du es ihm erklärt?"

„Ja. Er hat es nicht besonders gut aufgenommen. Aber letztendlich hat er es verstanden."

„Ihr seid in Kontakt geblieben?"

Alexander wird rot.

„Um ehrlich zu sein – wir sind uns kürzlich wieder über den Weg gelaufen und – jetzt sind wir zusammen, oder wie man es auch immer nennen will. Wir telefonieren, verbringen Zeit miteinander, und es ist schön! Ich bin gern mit ihm zusammen, ich mag ihn sehr, und einerseits bin ich so glücklich wie schon lange nicht mehr. Andererseits fühlt sich das Ganze so falsch an! Ich weiß nicht, was ich sagen soll, wenn jemand fragt, wie wir uns kennengelernt haben. Wenn ich das wahrheitsgemäß beantworte, lässt es mich wie einen Perversen aussehen, wie einen Pädophilen."

Pfarrer Arnim hebt die Augenbrauen. Alexander fühlt sich genötigt, sich zu erklären:

„Er war damals 21, aber er wirkte jünger. Gott, er war fast noch ein Kind. Wie konnte ich nur diesen Jungen ansehen und solche Gefühle für ihn entwickeln?! Er war unglaublich – klug und wunderschön, und er hatte so viel erlebt. Er hat so viel durchgemacht und das alles hinter sich gelassen, wie Phönix aus der Asche...und ich habe ihn damals angesehen wie – Beute."

Der Pfarrer atmet tief durch und legt Alexander die Hand auf den Arm.

„Er war kein Kind mehr, Alexander, und du hast nichts Falsches getan. Für mich klingt es, als ob du vor allem eines gesehen hast – einen sehr besonderen Menschen, in den du dich verliebt hast."

Arnim lässt ihm einen Moment Zeit, dann richtet er sich auf.

„Als ihr euch wiedergetroffen habt, von wem ging die Initiative aus?"

Alexander denkt zurück, und nach einer Weile breitet sich ein Lächeln auf seinem Gesicht aus.

„Danke", sagt er.

„Gern geschehen."

„Wollen Sie den Smalltalk noch hören?"

Alexander sitzt im Auto und denkt über sein Gespräch mit Pfarrer Arnim nach, und mit einem Mal hat er solche Sehnsucht nach Benjamin, dass er es kaum aushält. Er zieht sein Handy aus der Tasche und ruft ihn an.

„Hey", sagt Benjamin, „wie war's?"

„Kann ich dich sehen?"

Benjamin lacht leise.

„Natürlich. Komm vorbei."

Alexander hat Schmetterlinge im Bauch, als er auflegt.

Das Kribbeln wird noch viel stärker, als er bei Benjamin ankommt und der schon am Türrahmen seiner Wohnungstür lehnt.

„Hey", sagt Alexander mit einem breiten, glücklichen Lächeln.

„Hey", antwortet Benjamin und tritt einen Schritt zurück, um Alexander herein zu lassen, „du strahlst ja! Scheint funktioniert zu haben."

Alexander zieht die Tür ins Schloss und sieht Benjamin voll an. Einen Moment lang wirkt es, als ob er etwas sagen will, aber dann küsst er Benjamin einfach nur.

„Wow", sagt Benjamin grinsend, „ich weiß ja nicht, was der Herr Pfarrer dir gesagt hat, aber ich mag den Mann."

Alexander fängt an zu lachen, befreit und glücklich, und küsst ihn gleich nochmal.

„Wenn du so weitermachst", flüstert Benjamin ganz nah an Alexanders Ohr, „dann landest du direkt in meinem Bett."

„Ich höre mich nicht nein sagen."

Benjamin löst sich weit genug von Alexander, um ihm in die Augen sehen zu können.

„Bist du sicher?"

Alexander nickt nur, und Benjamins Augen funkeln.

„Komm mit", sagt er leise und nimmt Alexanders Hand.

Sie liegen im Bett, einander zugewandt, und Benjamin sieht Alexander ernst an.

„Ich bin nicht mehr dein Patient, ich bin erwachsen, und ich weiß, was ich will. Was willst *du*? Jetzt, in diesem Augenblick?"

Alexander zögert ein bisschen, aber dann gibt er sich einen Ruck:

„Ich möchte dich küssen. Nicht nur deine Lippen, deinen ganzen Körper. Ich möchte rausfinden, was dir gefällt, was dich anmacht. Ich möchte, dass du genießt, dich gehen lässt. Ich tu alles, was du willst, Benjamin."

Benjamin schmunzelt.

„Klingt, als ob ich den Jackpot geknackt hab'."

Alexander grinst.

„Du bist es wert."

Dann wird er wieder ernst.

„Okay – und was willst *du*?"

Benjamin stützt sich auf einen Ellbogen und sieht auf Alexander hinunter.

„Ich will, dass du mich spürst."

Alexander schluckt und sieht zu ihm auf. Benjamin hält seinen Blick fest und rollt sich auf ihn, lässt ihn sein volles Gewicht spüren. Alexanders Augen fallen zu. Benjamin küsst seinen Hals.

„Ich will, dass du den Mann siehst, der ich geworden bin, nicht mehr den Jungen, der ich damals war. Ich will dich unter mir. Ich will, dass du spürst, wie sehr ich dich will. Wie sehr du mich anmachst."

Alexander stöhnt auf. Seine Hände wandern über Benjamins Rücken zu seiner Taille. Er zieht ihn an sich, presst seinen Körper gegen Benjamins, und dann entspannt er sich, lässt sich in die Kissen sinken und genießt das Gewicht von Benjamins schlankem muskulösen Körper.

„Du bist gern dominant."

„Überrascht dich das?"

„Um ehrlich zu sein, ja."

Alexander denkt an seine Fantasien von damals zurück. Wie man sich doch täuschen kann...

Benjamin zuckt mit den Schultern.

„Es kommt drauf an, mal so, mal so. Aber meistens gefällt es mir, das Sagen zu haben, ja."

Alexander beißt sich auf die Lippe, aber er kann den leisen Seufzer ganz weit hinten in seiner Kehle nicht unterdrücken.

„Du bist perfekt", flüstert er. „Womit hab' ich dich verdient?"

„Noch gar nicht", sagt Benjamin, und der Unterton in seiner Stimme erzeugt ein wohliges Gefühl in Alexanders Bauch, „aber ich bin sicher, dir fällt was ein..."

Kapitel 15

Von da an ist Alexander weniger verkrampft in Benjamins Gegenwart, entspannter, ungezwungener. In den folgenden Wochen verbringen sie viel Zeit miteinander, mal bei Alexander, mal bei Benjamin, und bald hat jeder einen Schlüssel zur Wohnung des anderen.

Eines Tages hat Alexander es sich auf Benjamins Sofa gemütlich gemacht. Benjamin ist noch in der Schule, sie wollen abends zusammen kochen, und Alexander hat auf der Suche nach einem Zeitvertreib Benjamins CD-Sammlung durchforstet. Dabei ist ihm die Brahms-Aufnahme wieder in die Hände gefallen, und er konnte nicht widerstehen. Den Kopf in den Nacken gelegt und die Augen geschlossen hört er zu. Und dann, ohne zu wissen, warum, blickt er auf – und erstarrt. Unmöglich zu sagen, wie lange Benjamin schon in der Tür steht. Alexander greift nach der Fernbedienung und drückt Pause.

„Es tut mir leid", sagt er in die Stille hinein.

„Ist schon gut."

Benjamins Stimme ist absolut tonlos, ohne jede Emotion. Es macht Alexander Angst. Er steht auf und geht auf Benjamin zu, langsam und vorsichtig, wie man sich einem scheuen Tier nähert.

„Ich weiß, was diese Musik dir bedeutet. Ich hätte die Finger davon lassen sollen."

Benjamin sagt kein Wort.

„Sag was. Bitte!"

Benjamin geht an ihm vorbei und lässt die CD weiterlaufen. Er steht mit dem Rücken zu Alexander, vollkommen regungslos.

„Ich wollte - ich hatte das Bedürfnis, sie kennen zu lernen, aber dazu hatte ich überhaupt kein Recht. Es tut mir so leid. Wir sollten ausmachen."

„Nein", sagt Benjamin. „Ich möchte es hören. Ich wollte es seit
Jahren hören, aber ich hatte zu viel Angst."
Alexander tritt ganz nah an ihn heran, und Benjamin lehnt sich
an, entspannt sich ein bisschen.
„Wenn du da bist, kann ich es vielleicht", flüstert er. Alexanders
Kehle wird eng. Er schlingt die Arme um Benjamin und zieht in
an sich.

‚...wie einen seine Mutter tröstet...'

Alexander schließt die Augen. Er will sich gar nicht vorstellen,
was Benjamin empfinden muss.
„Komm her", flüstert er und legt Benjamin die Hände auf die
Schultern. Benjamin dreht sich um und flüchtet in Alexanders
Arme, und dann ist es mit seiner Beherrschung vorbei. Sein
ganzer Körper bebt, und je mehr er dagegen ankämpft, umso
schlimmer wird es.
„Ist okay. Wein' ruhig. Ich bin da."
„Es ist Jahre her! Ich sollte langsam drüber weg sein!"
Alexander streicht ihm über den Rücken.
„Sie war deine Mutter, und du hast sie geliebt."
Benjamin laufen die Tränen über die Wangen, und sein Atem
stockt. Alexander sieht ihn an und küsst ihn, und dann schließt
er ihn so fest er kann in die Arme.
„Sie fehlt mir so", flüstert Benjamin.
Es klingt unendlich erschöpft.
„Ich weiß. Willst du über sie reden?"
Benjamin schüttelt den Kopf.
„Okay."
Alexander setzt sich wieder aufs Sofa und sieht Benjamin an.
Der zögert einen Moment und legt sich dann hin, den Kopf in
Alexanders Schoß. Sie hören sich den Rest des Requiems an,
ohne zu reden. Alexander streichelt immer wieder über

Benjamins Haar, und Benjamin wird endlich ruhig.

Als der letzte Akkord verklungen ist, sagt Benjamin:

„Ich weiß übrigens, wer meine leibliche Mutter war."

Alexander richtet sich auf.

„Du hast sie gefunden?"

„Ich habe Informationen *über* sie gefunden."

„Wann?"

„Ist fast ein Jahr her."

„Okay...damals hast du gesagt, es interessiert dich nicht, wer sie ist, dass du nie versucht hast, sie zu finden, aber ich war mir nicht sicher, ob das die Wahrheit war."

„War es. Damals hat es mich nicht interessiert. Aber ich habe in letzter Zeit immer wieder darüber nachgedacht. Also habe ich versucht, herauszufinden, wer sie war, warum sie mich nicht wollte."

Alexander studiert sein Gesicht.

„Was hast du herausgefunden?"

„Sie war gerade mal 17, als ich geboren wurde. Der Name, den sie in der Klinik angegeben hat, war ziemlich sicher nicht ihr richtiger, und zwei Tage nach meiner Geburt war sie verschwunden. Hat mich einfach dort gelassen. Den Namen meines Vaters hat sie nicht angegeben, vielleicht wusste sie ihn selber nicht."

Benjamin holt tief Luft.

„Wie auch immer. Mir ist klar geworden, dass das Leben, das meine Eltern – also meine Adoptiveltern – mir ermöglicht haben, nicht so schlecht war. Ich meine, es war sicher nicht perfekt, aber sie haben sich um mich gekümmert und mir alles gegeben, was ich brauchte. Ich hätte eine viel schlechtere Kindheit haben können, oder vielleicht wäre ich schon als Baby gestorben, wenn sie mich behalten hätte. Sie hätte einfach nicht für ein Kind sorgen können."

„Bereust du, dass du nach ihr gesucht hast?"

Benjamin schüttelt den Kopf und setzt sich auf.

„Nein. Ich glaube, ich habe das gebraucht. Damals hätte ich nicht damit umgehen können. Als du mich danach gefragt hast, hat es mich wirklich nicht interessiert. Aber jetzt bin ich froh, dass ich es weiß."

Alexander sieht ihn nur an. Es ist eine stumme Bitte, und Benjamin willigt ein. Er beugt sich zu Alexander und küsst ihn, und als sie sich wieder voneinander lösen, sagt Benjamin leise:

„Ich liebe dich. Du bist unglaublich. Du gibst mir das Gefühl, etwas Besonderes zu sein. Ich fühle mich sicher bei dir. Ich liebe dich."

Einen Augenblick lang starrt Alexander ihn an, und dann beginnt er zu lächeln – ein breites, strahlendes Lächeln, das seine Augen zum Leuchten bringt.

„Ich dich auch", antwortet er, und es liegt Staunen in seiner Stimme. Er ist überwältigt, fast sprachlos. Er wiederholt es, probiert die Worte aus. Gewöhnt sich daran, sie laut auszusprechen, nach all der Zeit, in der er sie nur gedacht hat. Benjamin küsst ihn noch einmal, und dann halten sie einander einfach nur im Arm, genießen die Wärme und Zärtlichkeit.

Später, im Bett, schlafen sie auch so ein, und am nächsten Tag haben sie es nicht eilig, das Bett zu verlassen.

Kapitel 16

Eines Tages, als Alexander spät abends erschöpft von einer Tagung nach Hause kommt, findet er einen Zettel auf dem Flur seiner Wohnung:

'Nicht erschrecken. Ich liege in deinem Bett (und schlafe wahrscheinlich schon).

Ben'

Das gibt's doch nicht. Alexander könnte schreien vor Glück. Er beeilt sich im Bad und versucht dabei, möglichst leise zu sein, und dann öffnet er vorsichtig die Schlafzimmertür. Und bleibt erst mal stehen. Das Licht der Straßenlaterne vor dem Haus fällt auf den schlafenden Ben, und Alexander kann sich nicht erinnern, jemals etwas Schöneres gesehen zu haben. Mit einem seligen Lächeln schlüpft er unter die Decke. Einerseits wünscht er sich, Benjamin würde aufwachen und ihn ansehen, andererseits will er ihn nicht wecken. Benjamin rührt sich nicht. *Auch gut.* Alexander dreht sich auf die Seite und sieht ihn einfach nur an. Und dann rutscht er ganz vorsichtig näher. Benjamin wacht halb auf, genug, um Alexanders Anwesenheit zu bemerken, aber nicht genug, um mit ihm zu reden. Seine Augen fallen wieder zu und er schmiegt sich an Alexander, ein zufriedenes Lächeln auf dem Gesicht. Alexander fühlt sich, als ob er gleich platzt.

„Ich liebe dich", flüstert er und küsst Benjamins Schläfe. Einen Arm um Benjamin gelegt schläft er ein.

Am nächsten Morgen ist Benjamin als erster wach. Als Alexander die Augen aufmacht, lächelt Benjamin ihn an.

„Hey."

„Hey", antwortet Alexander und streckt sich genüsslich, „womit habe ich diese Überraschung eigentlich verdient?"

„Du hast so genervt geklungen am Telefon, da wollte ich was Schönes für dich tun. Dich aufmuntern. Als ich hier dann allein im Bett lag, war ich mir allerdings nicht mehr so sicher, ob es eine gute Idee war. Ich meine vielleicht wolltest du ja auch deine Ruhe haben..."

Alexander zieht ihn in seine Arme.

„Ich freue mich so, dass du hier bist. Nach Hause zu kommen, und du bist da, das ist wunderschön."

Eine Weile liegen sie einfach nur da und halten einander im Arm, aber dann wird Benjamin unruhig. Alexander grinst. *Der Kerl kann einfach nicht stillhalten.*

„Okay, was würdest du an einem Samstagmorgen machen, wenn du zu Hause wärst?"

„Laufen, wahrscheinlich."

„Hast du deine Schuhe dabei?"

„Ja, hab' ich."

Es klingt, als ob es ihm ein bisschen peinlich ist.

„Ist das okay?"

„Natürlich ist es okay! Vorschlag: du gehst laufen, ich mache Frühstück. Wie lang hab' ich Zeit?"

„Bis ich wieder da bin und geduscht habe? Anderthalb Stunden vielleicht?"

Alexander kuschelt sich in sein Kissen.

„Sehr gut. Dann kann ich noch ein bisschen liegen bleiben."

Benjamin schmunzelt und steht auf.

„Aber nicht wieder einschlafen, sonst muss ich verhungern!"

Alexander grinst.

„Jetzt hau schon ab."

Benjamin beugt sich zu ihm hinunter und küsst ihn auf die Stirn.

„Schlafmütze."

Alexander knurrt ihn nur an, aber er lächelt immer noch.

Als Benjamin eine gute Stunde später wieder da ist, hat Alexander Brötchen aufgebacken, den Tisch gedeckt, Orangensaft gepresst, Kaffee gekocht und Eier mit Speck auf dem Herd. Benjamin steht in der Küchentür und kriegt den Mund nicht zu.

„Das ist kein Frühstück, das ist ein Festmahl!"

Alexander dreht sich um und grinst.

„Will ja nicht schuld sein, wenn du verhungerst!"

Er wendet sich wieder der Pfanne zu. Benjamin stellt sich hinter ihn, die Hände um Alexanders Taille.

„Du bist toll", murmelt er und küsst Alexanders Nacken. „Bin sofort wieder da."

In Rekordzeit ist er frisch geduscht. Alexander stellt gerade die Eier und den Speck auf den Tisch, als er mit noch leicht feuchten Haaren wieder in der Küche auftaucht. Alexander hält in der Bewegung inne und sieht ihn an.

„Was?"

„Du bist zu schön, um wahr zu sein."

Benjamin wird ein bisschen rot. Alexander stellt den Teller ab und kommt auf ihn zu.

„Und du riechst gut", murmelt er und küsst Benjamins Hals. Seine Hände wandern über Benjamins Schultern und seinen Rücken. Benjamin legt die Arme um Alexanders Taille, schließt die Augen und genießt. Und dann knurrt sein Magen. Alexander prustet los und tritt einen Schritt zurück. Er rückt den Stuhl an Benjamins üblichem Platz für ihn zurecht und wartet, bis er sitzt. Dann beugt er sich zu ihm hinunter, beide Hände auf seinen Schultern.

„Ich sollte das wahrscheinlich nicht sagen, aber es macht mir unglaublich Spaß, dich zu verwöhnen."

Benjamin lässt den Kopf zurückfallen und sieht ihn an.

„Ich könnte mich dran gewöhnen."

„Eben", grinst Alexander und setzt sich.

Nach dem Frühstück besteht Benjamin darauf, dass *er* die Küche aufräumt.

„Okay, lass dich nicht aufhalten. Den Teil mag ich am wenigsten."

Alexander steht vom Tisch auf und streckt sich.

„Ich muss für zwei, drei Stunden in die Praxis. Möchtest du solange hierbleiben?"

„Ich hab' einiges zu korrigieren – aber das kann ich hier machen, wenn du nichts dagegen hast. Hab' alles dabei."

Wieder hat Alexander den Eindruck, dass es ihm ein bisschen peinlich ist.

„Ich find's super, dass du vorausgeplant hast. Dass du gern hier bist. Das ist wirklich schön."

Er nimmt ihn in den Arm.

„So kann ich *wieder* nach Hause kommen, und du bist da. Ich mag das sehr."

Es dauert eine Weile, bis Alexander es schafft, das Haus zu verlassen, aber dann macht er sich beschwingt und gut gelaunt auf den Weg, und Benjamin breitet die Arbeiten seiner Schüler auf dem Küchentisch aus.

Kapitel 17

„Meine Eltern würden dich gern kennenlernen", sagt Alexander eines Tages, ganz beiläufig, während sie auf Benjamins Sofa sitzen und einen Film schauen. Benjamin sagt nichts. Alexander küsst seine Schulter und legt sein Kinn darauf. „Was denkst du?"

„Du hast deinen Eltern von uns erzählt? Wann?"

„Vor einer Weile."

Benjamin entzieht sich Alexanders Berührung.

„Ich dachte, du hättest verstanden, dass ich das nicht will."

„Ben, bitte, es ist -"

Benjamin steht vom Sofa auf, unfähig, länger still zu sitzen, und holt sich ein Bier. Er fragt nicht, ob Alexander auch eins will. Alexander lässt den Kopf gegen die Lehne des Sofas sinken und atmet aus. *Drama Queen.* Als Benjamin keine Anstalten macht, sich wieder zu ihm zu setzen, steht Alexander auch auf.

„Können wir bitte in Ruhe darüber reden?"

Benjamin reagiert nicht. Er lehnt an der Küchentür und weigert sich, Alexander anzusehen.

„Ben?"

Jetzt sieht er ihn an, und Alexander wünscht sich, er würde es nicht tun. Er kann den Blickkontakt nicht halten. Benjamins Stimme ist leise, aber schneidend.

„Du *weißt*, dass ich mich nicht outen will. Noch nicht. Und ganz bestimmt will ich nicht geoutet *werden*, noch dazu ohne mein Wissen! Was hast du dir dabei gedacht? Wolltest du mich vor vollendete Tatsachen stellen? Glaubst du, du *hilfst* mir damit? Oder warst du es bloß leid, zu warten?"

Eine andere Küche, die gleiche Diskussion. Julian, der ihn in ihrer WG vor eine Entscheidung stellt. Er will nicht länger warten. Benjamin bekommt Panik:

„Du hast gesagt, es ist okay für dich. Du wolltest mich nicht unter Druck setzen!"

„Wie lange noch, Ben? Wie lange willst du mich noch verstecken? Ich will nicht mehr lügen, oder Angst haben, was Falsches zu sagen. Ich will nicht mehr ständig darüber nachdenken, ob ich dich anlächeln darf, wie nah ich neben dir stehen darf, ob ich dich berühren darf. Ich kann das nicht mehr!"

Immer wieder führen sie dieses Gespräch, bis Julian aufgibt – und sich von ihm trennt. Es tut weh, ihnen beiden, und Benjamin fühlt sich schuldig am Zerbrechen ihrer Beziehung. Er war glücklich mit Julian, aber das hat nicht gereicht.

„Ich habe dich nicht geoutet, verdammt nochmal. Vielleicht hörst du mir erst mal zu!"

„Du hast deinen Eltern von mir erzählt, hast ihnen gesagt, dass wir zusammen sind. In welcher Welt ist das kein Outing?"

Alexander atmet tief durch.

„Ben. Bitte. Bitte beruhige dich und lass es mich erklären. Ich liebe dich. Ich würde nie etwas tun, von dem ich *weiß*, dass du es nicht willst."

Benjamin sagt nichts, aber sein Blick wird weicher. Er wartet ab.

„Ich habe ihnen gesagt, dass ich jemanden kennen gelernt habe, aber sie wissen nicht, wer du bist. Kein Name, nichts. Ich habe ihnen nur gesagt, dass es da jemanden gibt – und dass ich sehr glücklich mit diesem Jemand bin."

Benjamin sieht ihn immer noch an, den Anflug eines Lächelns in den Augen. Alexander seufzt. Mit einem gutmütigen Augenrollen redet er weiter:

„Typisch meine Eltern, wollen sie natürlich den Mann kennenlernen, der mich glücklich macht. Ich habe ihnen gesagt, dass das nicht so einfach ist. Dass ich mit dir darüber reden werde. Dass es deine Entscheidung ist. Und das ist es, Ben. Wenn du nicht willst, dann ist das auch okay. Ich *werde* dich nicht unter Druck setzen. Niemals. Okay?"

Benjamin lässt die Schultern sinken und sieht zu Boden.

„Ich bin ein Idiot, oder?"

„Manchmal. Aber du bist *mein* Idiot."

Benjamin geht auf den leichteren, scherzhaften Ton nicht ein.

„Ich hab' einfach Angst. Weil – weil es das irgendwie offiziell macht, glaube ich."

„Als ob du danach keinen Rückzieher mehr machen kannst?"

„Nein! Ich meine, ich will gar keinen Rückzieher machen! Ich liebe dich. Ich will mit dir zusammen sein. Ich *will*, dass die Leute Bescheid wissen – ich bin bloß zu feige, es durchzuziehen."

Alexander geht auf ihn zu. Benjamin hebt den Blick, durcheinander und erschöpft. Alexander küsst ihn, sanft, vorsichtig, bis Benjamin sich etwas entspannt.

„Das eine muss nicht zwingend mit dem anderen zu tun haben. Wir könnten zu meinen Eltern zum Essen gehen, ohne dass du dich offiziell outen musst. Sie wollen dich einfach nur kennenlernen. Sie werden mit niemandem darüber reden, wenn du das nicht willst."

„Und damit wären sie einverstanden?"

„Natürlich! Sie wollen nur, dass du weißt, dass du jederzeit willkommen bist. Es muss auch nicht nächste Woche sein. Kannst du bitte einfach drüber nachdenken?"

Kapitel 18

Benjamin denkt lange und gründlich darüber nach, und schlussendlich sagt er ja. Im Auto auf dem Weg zu Alexanders Eltern ist er sehr still.

In Bens Kopf legt sich eine Schicht von Erinnerungen und Gefühlen über die andere, sie fließen ineinander und verbinden sich zu einer starren Schicht aus Anspannung, Demütigung, Wut, Hilflosigkeit und Angst.

Seine Mutter, die sich so sehr darauf freut, „alle ihre Männer" um den Tisch zu haben. Der Anruf seines Vaters, dass es nicht rechtzeitig schafft. Seine Erleichterung, als seine Mutter das überzählige Gedeck abräumt. Sein schlechtes Gewissen, als er ihre Enttäuschung sieht.

Andere Gelegenheiten, bei denen sein Vater anwesend ist. Der kleine Benjamin, der versucht, die Aufmerksamkeit seines Vaters von Chris ab- und auf sich zu ziehen. Die Zurechtweisung, seinen Bruder ausreden zu lassen. Seine Versuche, sich an den Gesprächen von Vater und großem Bruder zu beteiligen. Die Resignation, als ihm klar wird, dass sein Vater ihm nicht zuhören wird. Sich einfach nicht dafür interessiert, was er zu sagen hätte.

Der jugendliche Benjamin, der es aufgegeben hat und am Tisch schweigt, den Blick auf seinen Teller gerichtet, wenn sein Vater anwesend ist; mit offenen Augen träumt und eine Aufforderung seines Vaters verpasst. Und immer wieder Erleichterung, vom Tisch aufstehen zu dürfen. Jedes Mal.

Und dann stehen sie auf den Stufen, die zur Haustür von Alexanders Eltern führen, und Benjamin ist sehr blass. Alexander greift nach seiner Hand und sieht ihm in die Augen.

„Du schaffst das. Ich bin ja da. Erinnerst du dich an den geheimen Fluchtplan?"

Benjamin lacht leise.

„Ich will gar nicht fliehen. Alles okay, mir geht's gut."

Alexander lächelt ihn aufmunternd an.

„Okay, bereit?"

„Bereit."

Alexander schließt die Haustür auf und ruft:

„Mama? Papa? Wir sind da!"

Irgendwoher aus dem Haus dringt die Stimme einer Frau:

„Fast fertig, Alexander! Setzt euch doch schon mal ins Wohnzimmer,"

Alexander grinst.

„Typisch. Komm mit."

Sie setzen sich aufs Sofa, aber Benjamin kann keine zwei Sekunden stillsitzen. Alexander öffnet die Schiebetür.

„Wow", sagt Benjamin, als er den Garten sieht. Er tritt auf die Terrasse und lässt den Blick über den Rasen, die Bäume und Blumen schweifen.

„Gefällt's dir?", fragt Alexander leise und stellt sich hinter Benjamin. Der lehnt sich bei ihm an.

„Wunderschön. Meine Eltern hatten nie viel Interesse an einem Garten, also hatten wir eigentlich nur einen Rasen, Vater und Chris haben da manchmal Fußball gespielt. *Das hier* ist unglaublich. Ich würde stundenlang hier sitzen und lesen, wenn ich so einen Garten hätte."

Alexander sieht es förmlich vor sich. Ein schönes Bild. Vielleicht eines Tages...seine Hände schließen sich für einen Moment um Benjamins Taille, bevor er sich umdreht und wieder ins Wohnzimmer geht.

„Hallo Mama", sagt er und nimmt sie in den Arm.

„Hallo Alexander", sagt sie herzlich und hält ihn einen Moment fest.

„Und das muss dann wohl Benjamin sein."

Sie schüttelt ihm lächelnd die Hand.

„Schön, dass Sie da sind."

„Danke für die Einladung, Frau Senne. Oder ist Ihnen Doktor Senne lieber?"

Ihr Lächeln wird breiter.

„Rahel reicht völlig. Sonst gibt es nur Verwirrung in diesem Haus."

Benjamin erwidert ihr Lächeln und nickt.

„Rahel. Ungewöhnlicher Name."

Sie nickt.

„Biblisch, wie Ihrer. Aber das wissen Sie bestimmt."

Benjamins Mutter, wie sie seinen Namen sagt. Weich und liebevoll. Ihr Jüngster. Der Kleine. So viel mehr ihr Sohn als der ihres Mannes. Und in Wirklichkeit weder noch.

Benjamin reißt sich zusammen. Rahel Senne wendet sich an Alexander:

„Dein Vater kommt wie immer zu spät."

Sie sagt es mit einem gutmütigen Augenrollen, das Benjamin sehr bekannt vorkommt. Sie setzen sich und beschließen, ohne Alexanders Vater anzufangen. Ab und zu berührt Alexander Benjamin oder lächelt ihm zu, und er fängt an, sich zu entspannen. Rahel ist freundlich und offen, fragt ihn nach seiner Arbeit und hört interessiert zu. Als sie erfährt, dass Benjamin gern ins Theater geht, sieht sie ihren Sohn vielsagend an.

„Was?!"

Rahel grinst.

„Vielleicht können *Sie* meinen Kulturbanausen von Sohn ja dafür begeistern. Ich hab's aufgegeben."

„Mama!"

Benjamin muss auch grinsen. Dann wird sein Blick weicher.

„Wir könnten alle zusammen gehen. Ich finde was, was dir auch gefällt."

Benjamin tut sich schwer, den Ausdruck in Alexanders Augen zu deuten. Rahel findet die Idee gut.

Als Mutter und Sohn kurz darauf für einen Moment allein in der Küche sind, zwinkert sie ihm zu.

„Du siehst glücklich aus."

Alexanders Lächeln sagt alles.

„Ich mag ihn, Alex. Ihr seid hier jederzeit willkommen."

Alexander drückt seine Mutter kurz an sich, und dann verlassen sie die Küche gemeinsam.

Einen Moment später hören sie einen Schlüssel im Schloss der Haustür. Alexander und seine Mutter sehen sich an. Keiner von beiden bemerkt, dass Benjamin erstarrt. Dr. Senne betritt das Esszimmer, sieht irritiert von einem zum anderen, und dann dämmert es ihm.

„Oh Gott, ich hab's vergessen, Rahel!"

„Das ist jetzt nicht dein Ernst."

Er streckt Benjamin die Hand hin.

„Benjamin! Es tut mir so leid, bitte entschuldigen Sie! Da bringt Alexander einen wichtigen Gast nach Hause und ich..."

Benjamin schluckt und schüttelt Alexanders Vater die Hand. Er räuspert sich.

„Das ist kein Problem, Sie waren sicher sehr beschäftigt."

Ulrich Senne beißt sich auf die Lippe.

„Ja, allerdings mit nichts, was ich nicht auch morgen hätte erledigen können. Ich habe einfach nicht mehr dran gedacht!"

Alexander lacht leise in sich hinein und steht kopfschüttelnd auf, um seinen Vater zu begrüßen.

„Wir dachten, du stehst im OP und rettest einen Notfall!"

„Kann ich nochmal rausgehen und wieder reinkommen und wir tun so, als wäre es so gewesen?"

Er sieht sehr zerknirscht aus. Seine Frau grinst.

„Du kannst Nachtisch machen, als Entschädigung. Aber jetzt setz dich erst mal, es ist noch genug da."

Benjamin greift unter dem Tisch nach Alexanders Hand. Der sieht ihn fragend an und streichelt dann ein paar Mal mit dem

Daumen über Benjamins Handrücken, aber Benjamin ist wie versteinert. Alexander räuspert sich.

„Ich muss euch den Gast mal kurz entführen", sagt er leichthin und steht auf.

Eine Minute später stehen sie in Alexanders ehemaligem Kinderzimmer, das jetzt das Gästezimmer ist, und Alexander schlingt die Arme um Benjamin. Langsam entspannt er sich ein bisschen. Mit einem Seufzer sagt er schließlich:

„Tut mir leid. Geht schon wieder. Lassen wir sie nicht unnötig warten."

Alexander nimmt sein Gesicht in beide Hände und sieht ihn an. Benjamin weicht seinem Blick aus.

„Ben. Hey, sieh mich an."

Benjamins Blick wandert. Alexander wartet ab, bis er ihn schließlich doch ansieht.

„Was kann ich tun?"

Benjamin hebt die Schultern.

„Ich weiß auch nicht. Schätze ich muss einfach durch."

Alexander seufzt und schließt ihn wieder in die Arme, ganz und gar nicht zufrieden mit dieser Antwort, aber er weiß auch, dass er mehr jetzt nicht bekommen wird.

„Möchtest du gehen?"

Das winzige Zögern, bevor Benjamin nein sagt, spricht Bände.

„Das ist kein Problem. Wenn es zu viel für dich ist -"

„Es ist bloß ein Abendessen, verdammt!"

Benjamin macht sich los. Für einen Moment hängt es zwischen ihnen in der Luft, dann atmet Benjamin tief durch.

„Tut mir leid."

Er nimmt Alexanders Hand.

„Gehen wir wieder rein."

„Bist du sicher?"

Benjamin nickt, und sie gehen Hand in Hand zurück.

Als sie das Esszimmer betreten, räumt Rahel gerade den Tisch ab. Benjamin beeilt sich, ihr zu helfen. Sie setzt gerade dazu an, etwas zu sagen, als sie einen Blick von Alexander auffängt. Er schüttelt kaum merklich den Kopf, und sie behält es für sich.

„Wo steckt Papa?"

„In der Küche. Er hat ja was gut zu machen."

Alexanders Blick hellt sich auf.

„Oh cool, das bedeutet Kaiserschmarrn!"

„Sehr richtig."

Benjamin sieht ihn fragend an.

„Der Kaiserschmarrn meines Vaters ist legendär. Dauert ewig, ist das Warten aber wert."

Sie setzen sich wieder hin, und Rahel schenkt Benjamin Wein nach.

„Alexander?"

„Nein danke, ich muss fahren."

„Ihr könntet hierbleiben, das Gästezimmer ist hergerichtet."

Benjamin sieht Alexander an. Der lächelt ihm beruhigend zu.

„Ist schon gut, ich bleibe beim Wasser."

Als Ulrich Senne endlich mit einem Berg Kaiserschmarrn aus der Küche kommt, schlagen alle begeistert zu. Benjamins Teller ist auffallend schnell wieder leer. Alexanders Vater freut sich und fragt, ob er Nachschlag möchte.

„Sehr gern! Der ist wirklich, wirklich gut!"

Alexander grinst.

„Wo du das nur hin isst."

Benjamin zuckt mit den Schultern. Alexander schiebt seinen Teller von sich und seufzt.

„Wenn ich jeden Tag 10 Kilometer rennen würde, könnte ich mir das auch erlauben."

„Dreimal die Woche. Höchstens."

„Wow", sagt Ulrich Senne, „das ist ehrgeizig. Dafür würdet mir die Disziplin fehlen."

„Als Kind war Sport nie meins, aber irgendwann hat das mit dem Laufen angefangen, und es tut mir gut. Macht den Kopf frei. In der Schule hab' ich einfach zu wenig Bewegung."

Alexander sieht lächelnd zwischen seinem Vater und Benjamin hin und her und dann zu seiner Mutter. Sie sieht zufrieden aus. Alexander spürt, wie eine Anspannung von ihm abfällt, derer er sich bis dahin gar nicht bewusst war. Ein warmes Gefühl breitet sich in seiner Magengegend aus. Die Menschen, die er am meisten liebt, sitzen gemeinsam an einem Tisch. Das Leben ist gut.

Auf dem Heimweg räuspert sich Benjamin.

„Bist du enttäuscht, weil ich nicht über Nacht bleiben wollte?"

„Nein, ist schon gut. Ich verstehe das."

Benjamin seufzt erleichtert.

„Es war aber sehr nett, uns das anzubieten. Ein andermal würde ich es gerne annehmen."

Alexander lächelt.

„Sie mögen dich sehr."

„Ich mag sie auch. Du bist deiner Mutter unglaublich ähnlich."

Alexanders Augen wandernd zum Rückspiegel und dann zu Benjamin, bevor er wieder auf die Straße schaut. Der lacht leise.

„Du hast ihre Augen, aber das meine ich gar nicht."

Er legt Alexander eine Hand auf den Oberschenkel.

„Die gleiche ruhige, freundliche Kraft. Die Fähigkeit, Vertrauen zu erwecken. Ich dachte, das liegt an deinem Job, aber wahrscheinlich ist es anders herum. Du bist so gut in deinem Job, weil du das hast."

Alexander schluckt. Benjamin lehnt sich zurück.

„Muss schön gewesen sein, in diesem Haus aufzuwachsen. In dieser Familie."

„War es. Ist das – schwierig für dich? Das zu sehen?"

Benjamin denkt einen Moment darüber nach, aber dann schüttelt er den Kopf.

„Nein, ich bin froh, dass du das hast. Dass ich jetzt die Chance bekomme, ein Teil davon zu sein."

Danach ist Alexander eine ganze Weile sehr still. Als er seine Stimme endlich wiederfindet, sagt er einfach nur:

„Ich liebe dich."

Kapitel 19

Eines Nachts wacht Alexander auf, weil Benjamin unruhig ist, und als er die Anspannung in seinem Gesicht sieht, weckt er ihn vorsichtig auf. Es dauert lange, bis Benjamin vollständig da ist, und dann wirkt er erschöpft und aufgewühlt und will nicht darüber reden.

„Ist immer das gleiche", sagt er nur, aber er bittet stumm darum, in den Arm genommen zu werden, und natürlich tut Alexander es. Benjamin schläft wieder ein, aber Alexander liegt eine ganze Weile danach noch wach.

In den folgenden Wochen arbeitet Benjamin daran, das Theaterstück – basierend auf seiner modernen Henry-Bearbeitung – zu realisieren, und redet über nichts Anderes. Alexander bewundert seinen Enthusiasmus, auch wenn er ein bisschen Angst hat, dass er sich überarbeitet. Er nimmt ihm das Versprechen ab, dass sie nach der Aufführung ein Wochenende wegfahren, und unterstützt ihn ansonsten, wo er kann. Es bedeutet auch, dass sie sich weniger sehen. Wenn sie sich sehen, dann meistens bei Benjamin, weil der in jeder freien Minute arbeitet. Alexander steht in der Tür des kleinen Arbeitszimmers.

„Hast du Hunger?"

„Hm."

Es ist nicht klar, ob das ein Ja oder ein Nein war.

„Ich schon, soll ich uns was machen?"

Benjamin sieht auf.

„Musst du nicht."

„Du musst aber was essen, und ich auch."

„Okay."

Alexanders Kiefer spannt sich an. Er verschwindet in der Küche. Er kennt sich inzwischen ganz gut aus, findet aber nicht alles auf Anhieb. Ein- oder zweimal ist er kurz davor, Benjamin zu fragen, will ihn dann aber nicht stören.

Nach dem Essen verschwindet Benjamin direkt wieder an seinem Schreibtisch. Alexander steht in der Küche und schließt für einen Moment die Augen. Es fühlt sich an, als ob Benjamin ihm entgleitet, und das tut weh. Eigentlich würde er gern zu ihm gehen, aber eine Mischung aus Verständnis und Stolz hält ihn davon ab. Er räumt die Küche auf und liest ein paar Seiten, kann sich aber nicht richtig konzentrieren. Schließlich packt er seine Sachen zusammen und geht sich verabschieden. Benjamin lächelt ihm zu und nickt. Alexander küsst ihn und flüchtet in seine eigene Wohnung. Abends geht er mit Paul ein Bier trinken. Immer wieder schaut er auf sein Handy, aber es bleibt stumm.

„Wartest du auf irgendwas?", fragt Paul schließlich leicht genervt.

Alexander sieht auf und schüttelt den Kopf. Er schaltet es auf Flugmodus und steckt es ein, fest entschlossen, sich nicht weiter ablenken zu lassen.

Am nächsten Morgen steht er ungewöhnlich früh auf für einen Samstag und geht direkt in die Praxis. Mittags hat er jedes bisschen Papierkram erledigt, das zu finden war. Sein Handy ist immer noch im Flugmodus. Er redet sich ein, dass er nicht gestört werden will, aber im Grunde ist ihm klar, dass er versucht, sich und Benjamin etwas zu beweisen. Es ist kindisch, aber er kann nicht anders.

Wieder zurück in seiner Wohnung schaltet er das Handy wieder ein – und es bleibt trotzdem stumm. Benjamin hat kaum mitbekommen, wie er am Tag zuvor seine Wohnung verlassen hat. Das ist jetzt fast 24 Stunden her, und immer noch nichts? Alexander atmet tief durch. Das geht so nicht weiter. Er setzt sich ins Auto und fährt zu Benjamin, absichtlich, *ohne* ihn vorher anzurufen.

Vor der Wohnungstür versucht er, sich darüber klar zu werden, was er will, was er sagen wird, aber sein Kopf ist völlig leer und seine Kehle verdächtig eng.

Als er die Wohnung betritt, ist von Benjamin nichts zu sehen. Die Tür zum Arbeitszimmer ist geschlossen. Er atmet durch und öffnet sie. Benjamin sieht blass und müde aus. Vielleicht kein guter Zeitpunkt.

„Hey!"

„Hey."

„Hast du überhaupt geschlafen?"

Benjamin reibt sich die Augen.

„Ja, schon. Aber nicht genug."

„Warst du draußen?"

Benjamin atmet aus. Es klingt genervt. Er zeigt auf den Stapel Hefte auf seinem Schreibtisch.

„Die korrigieren sich nicht von allein."

Alexander senkt den Blick. Wahrscheinlich sollte er ihn einfach in Ruhe lassen. Und dann stellt er zu seinem Entsetzen fest, dass ihm die Tränen kommen. Er blinzelt, um dagegen anzukämpfen. Etwas in seiner Körpersprache dringt endlich zu Benjamin durch. Er steht auf und kommt auf ihn zu.

„Hey, alles okay?"

Und dann kann Alexander sich nicht länger beherrschen.

„Ich weiß, was du gesagt hast, dass ich es mir verdienen muss, meine ich...aber ich brauche dich so. Kannst du mich bitte in den Arm nehmen?"
Seine Stimme verrät, wie schwer es ihm fällt, das auszusprechen. Benjamin starrt ihn einen Moment lang an, bevor der Groschen fällt. Dann zieht er ihn an sich und küsst ihn, schlingt die Arme um ihn und hält ihn fest.
„Du bist ein Idiot. Und ich offensichtlich auch. Es tut mir leid, dass ich nicht gesehen habe, was du brauchst."
„Du hast mich seit Tagen kaum angesehen, geschweige denn berührt. Ich habe mich so sehr danach gesehnt, Benjamin. Ich weiß, dass wir kaum miteinander geschlafen haben, aber diese kleinen Zärtlichkeiten – ich brauche das so. Du gehst an mir vorbei und ich halte die Luft an, hoffe auf deine Hand auf meinem Rücken oder vielleicht sogar einen Kuss – und dann ist es vorbei und es tut so weh, dass ich das nicht bekommen habe. Dass ich es nicht verdiene."
„Alex. Sieh mich an. Was ich im Bett sage, hat nichts damit zu tun, wie unsere Beziehung läuft! Das ist doch nur ein Spiel! Ein Spiel, das uns beide anmacht – aber es hat nichts mit dem Alltag zu tun! Ich liebe dich. Es tut mir leid, dass ich so in meiner eigenen Welt war. Du musst dir nichts verdienen. Vielleicht musst du mich ab und zu treten, wenn ich auf dem Schlauch stehe. So wie gerade eben."

Er küsst ihn nochmal, ein langer, hingebungsvoller Kuss, den Alexander unendlich genießt.
„Hol dir, was du brauchst, wenn ich es nicht von selber sehe. Alles, was in meiner Macht steht, bekommst du von mir, Alexander. Ich weiß, du möchtest, dass ich es von mir aus tue, und idealerweise sollte das auch so sein. Aber ich bin auch nur ein Mensch."
„Nein", sagt Alexander, und der Anfang eines Lächelns stiehlt sich auf sein Gesicht, „du bist perfekt und musst meine Gedanken lesen."
Benjamin lächelt ein bisschen schief.

„Es tut mir leid", flüstert Alexander. „Das Drama, meine ich. Altlasten, nicht deine Schuld."

„Mir tut's auch leid. Willst du's mir erzählen?"

Alexander richtet sich auf und schüttelt den Kopf.

„Ist es nicht wert. Ich hatte einfach nur Angst, hab' ich immer noch, um ehrlich zu sein."
„Angst wovor?"
„Dass du das Interesse verlierst. Dass ich dich nicht halten kann. Ich will dich nicht verlieren, Ben. Ich liebe dich."
Er holt stockend Atem.
„Und andererseits ist mir vollkommen klar, wie unattraktiv Klammern ist. Also versuche ich, dich nicht unter Druck zu setzen, abzuwarten, zu hoffen, dass du zu mir kommst."
Seine Stimme bricht.
„Aber ich hab' es einfach nicht mehr ausgehalten."
Benjamin schließt ihn in die Arme.
„Schhhh, komm her. Ich hab' einfach wahnsinnig viel zu tun, wahrscheinlich hab' ich mich auch übernommen, aber das ist keine Entschuldigung. Bleibst du bitte heute Nacht hier? Ich hör' auch auf der Stelle auf zu arbeiten."
„Musst du nicht. Und ich bleibe gerne hier. Wie wär's, wenn wir

uns heute Abend was zu essen bestellen – bis dahin darfst du weiterarbeiten, aber dann ist Schluss?"

„Deal", sagt Benjamin und küsst ihn, und Alexander fällt ein Gebirge vom Herzen.

Abends sitzen sie auf dem Sofa, jeder ein Glas Wein vor sich, und reden. Erzählen einander aus ihrem Alltag – die Dinge, die der Andere nicht miterlebt. Alexander bekommt endlich die Zärtlichkeit, nach der er sich so gesehnt hat – kleine, fast beiläufige Berührungen, die ihn unendlich glücklich machen. Er legt den Kopf auf Benjamins Schulter und schließt die Augen. Eine Weile ist es still, dann holt Benjamin Luft.

„Ich hab' nachgedacht. Was dich überzeugen könnte, dass ich dich liebe und mit dir zusammen sein will. Dass ich nirgendwo hingehen werde."

Alexander richtet sich auf und sieht ihn an. Benjamin nimmt seine Hände.

„Lass uns ausgehen. Du und ich. Essen, Kino, was du möchtest. Ich will nicht, dass du denkst, ich würde nicht zu dir stehen."

Alexander sieht ihn liebevoll an.

„Danke. Das bedeutet mir viel. Aber du musst mir nichts beweisen. Bist du sicher, dass du soweit bist? Wenn man uns zusammen sieht und du dadurch geoutet wirst - willst du das wirklich?"

Benjamin zögert. Alexander küsst ihn sanft.

„Der Gedanke zählt", sagt er leise. „Ich kann warten. Ich warte solange, wie es eben dauert."

„Aber du hättest das gern, oder?"

Alexander nickt.

„Ja, hätte ich. Aber du musst nicht zwingend das tun, was ich gerne hätte."

„Nein, muss ich nicht. Ich muss nicht das tun, was von mir erwartet wird, aber es hat immer Konsequenzen, wenn ich es nicht tue. Mit denen muss ich dann leben."

Alexander schließt die Augen und zieht Benjamin an sich.

„Es tut mir unglaublich leid, wenn es bisher immer so war. Aber kannst du mir bitte glauben, dass ich anders bin? Wenn ich dich um etwas bitte, was auch immer es ist, kannst du jederzeit nein sagen, ohne dass ich dich dafür bestrafe, okay?"

„Aber dann du bist enttäuscht."

Alexander lächelt.

„Ja, wahrscheinlich. Aber ich bin schon groß. Ich würde es überleben."

„Ich will dich nicht enttäuschen. Ich würde dir den Wunsch gern erfüllen. Ist ja wirklich nicht zu viel verlangt, dass wir aufhören, uns zu verstecken. Ich habe einfach nur Angst."

„Ist schon gut. Ich will einfach nur mit dir zusammen sein. Muss nicht in freier Wildbahn sein."

Benjamin entspannt sich und küsst Alexanders Hals.

„Ich mach's wieder gut", flüstert er, und seine Lippen wandern. Alexanders Kopf fällt in den Nacken.

„Du schuldest mir nichts", bringt er noch heraus, bevor Benjamin ihn voll auf den Mund küsst.

„Kannst du bitte dein Therapeutengehirn abschalten?", murmelt Benjamin ganz nah an Alexanders Ohr, und sein warmer Atem auf Alexanders Haut erzeugt eine wohlige Gänsehaut.

„Check", schmunzelt Alexander, und von da an genießt er einfach nur Benjamins warme Lippen und zärtlichen Hände.

„Billard", sagt Benjamin etwas später aus heiterem Himmel.

„Bitte?"

„Ich würde gerne Billard spielen gehen. Du und ich, ein Drink oder zwei und ein paar Runden Billard. Sieht nicht zwingend wie ein Date aus und wir können trotzdem zusammen sein."

Alexanders Herz macht einen Sprung.

„Das wär' toll, Ben. Sehr, sehr gerne."

„Nächstes Wochenende, okay?"

Alexander checkt sein Handy und nickt. *Ist es verrückt, dass er Schmetterlinge im Bauch hat? Es ist ein Date. Der Mann, den er liebt, geht mit ihm aus.* Er beschließt, dass Schmetterlinge in Ordnung sind, und die Vorfreude trägt ihn durch die ganze Woche.

Als Alexander eine Woche später vor der Tür der Kneipe auf Benjamin wartet, ist er tatsächlich nervös. Er hat eine halbe Stunde gebraucht, um sich zu entscheiden, was er anziehen soll, und nochmal eine halbe Stunde für seine Haare. *Als ob es das erste Date wäre. Oh warte. Es ist das erste Date.* Benjamin taucht auf und sieht umwerfend aus, und Alexander muss sich zwingen, ihn nach einer kurzen Umarmung wieder loszulassen.

„Hey", sagt Benjamin leise, „siehst gut aus!"

Alexander schluckt.

„Du auch."

Sie gehen rein und holen sich an der Bar etwas zu trinken, und als der Billardtisch frei wird, spielen sie eine Runde. Benjamin gewinnt sie mit Leichtigkeit. Alexander lehnt sich an den Tisch, sein Glas in der Hand, und grinst.

„So langsam wird mir klar, warum du das vorgeschlagen hast."

Benjamin zwinkert ihm zu und zuckt die Schultern.

„Willst du eine Revanche?"

„Natürlich will ich eine Revanche."

Alexander bringt die Kugeln in Position. Als er an Benjamin vorbei geht fügt er leise hinzu:

„Spätestens zu Hause."

Benjamin beißt sich auf die Lippe. Sie spielen noch zwei weitere Runden, die Alexander beide verliert, aber das tut seiner Stimmung keinen Abbruch. Sie berühren sich nicht, kein einziges Mal, sehen sich immer nur kurz an, wenn überhaupt, aber die kleinen Kommentare und Anspielungen, die zwischen ihnen hin und her gehen, und Benjamins gelöstes Lachen sind Vorspiel genug. Den ganzen Abend bekommt Alexander die freche, verspielte Seite an Benjamin zu sehen, die er so liebt.

„Ich verliebe mich gerade aufs Neue in dich", flüstert er, als er zur Bar geht, um neue Drinks zu holen. Benjamin sieht ihm nach und versucht, nicht allzu offensichtlich verliebt auszusehen.

Es wird Weihnachten, und nach erstaunlich wenig Überredung nimmt Benjamin die Einladung von Alexanders Eltern an, mit ihnen zu feiern. Am zweiten Weihnachtsfeiertag muss Ulrich Senne zu einem Notfall, und Rahel hat eine Konzertkarte übrig. Sie ruft Alexander an, aber der hat keine richtige Lust. Und dann sieht er Benjamin an.

„Warte mal kurz", sagt er und hält den Telefonhörer zu. Und so sitzen Rahel Senne und der Freund ihres Sohnes wenig später in einem Konzertsaal und warten auf den Beginn des Weihnachtsoratoriums.

„Ich glaube, mein Sohn ist sehr froh, dass du in den sauren Apfel gebissen hast", sagt sie mit einem verschmitzten Lächeln.

Benjamin muss lachen.

„Ich glaube nicht, dass der allzu sauer wird. Danke für die Einladung."

„Gerne. Ich freue mich, dass du Zeit hast. Gehst du öfter in klassische Konzerte?"

„Früher. Hab' ich jetzt lange nicht gemacht."

Seine Mutter in schwarzer Konzertkleidung, wenn sie mit dem Chor auftrat. Etwas mehr Farbe, wenn sie als Solistin engagiert war. Ihre geröteten Wangen und strahlenden Augen beim Schlussapplaus. Nie hatte sie glücklicher ausgesehen als an diesen Abenden, und sie hatte sie ausschließlich mit ihm *geteilt, nicht mit Chris oder seinem Vater.*

Benjamin atmet durch. Er ist sich nicht sicher, ob es eine gute Idee war, mitzukommen. Rahel bemerkt seine Anspannung, fragt aber nicht weiter nach.

„Ich habe Alexander schon lange nicht mehr so gesehen wie in letzter Zeit. So gelöst. Ich glaube er ist sehr glücklich."

Benjamin weiß nicht, was er dazu sagen soll, aber es ist ein schönes Gefühl. Bis das Konzert beginnt, reden sie hauptsächlich über Rahels Arbeit. Ihre Praxis ist über die Feiertage geschlossen.

„Ich bin wirklich froh, dass ich nicht mehr in einer Klinik angestellt bin", sagt sie mit einem Seufzer. „In der Neuro-Reha gibt's zwar keine Notfälle, aber irgendwie habe ich doch immer länger und zu anderen Zeiten gearbeitet, als eigentlich geplant war. Wenn du nie weißt, wann du Feierabend hast – das ist einfach zu anstrengend. Mein Mann kommt erstaunlich gut klar damit, aber für mich war das nichts."

Benjamin nickt.

„Hast du frei? Ich meine, nicht nur Ferien, sondern tatsächlich Urlaub?"

„So ziemlich, ja. Das Stück ist fertig, nach den Ferien beginnen wir mit den Proben, aber im Moment ist tatsächlich mal Ruhe."

„Das ist gut", sagt Rahel mit einem Lächeln, das ihn an seine Mutter erinnert.

Als er nach Hause kommt, sieht Alexander ihn erwartungsvoll an.

„Deine Mutter ist toll", ist das erste, was Benjamin sagt.

„Ich weiß", antwortet Alexander ein bisschen überrascht.

„Stark, respektiert, ihr eigener Boss, und trotzdem warmherzig."

Er geht auf Alexander zu und legt die Arme um seine Taille.

„Sie liebt dich sehr. Und es fühlt sich an, als ob sie ihre Liebe auf mich ausweitet. Das ist schön."

Alexander ist gerührt.

„Sie mag dich sehr. Sie sagt, ich sehe glücklich aus, wenn ich mit dir zusammen bin."

Benjamin grinst in sich hinein. Alexander verdreht die Augen.

„Liebes Doktor Sommer Team, mein Freund hat seine Schwiegermutter auf seine Seite gezogen, was soll ich tun?"

Benjamins Grinsen wird breiter. Alexander dagegen wird ernst.

„Ich bin sehr froh, dass ihr so gut miteinander auskommt. Mein Vater zeigt es vielleicht nicht so deutlich, aber er mag dich genauso. Sie betrachten dich als Familienmitglied – weil sie wissen, dass es mir ernst ist mit dir."

„Ist es?"

Alexander nickt nur und küsst ihn.

„Sehr", flüstert er. „Du bist das Beste, was mit je passiert ist."

Eines Tages schleicht sich Alexander in die Aula der Schule, während Benjamin mit seinen Schülern probt. Er hält sich im Hintergrund und traut seinen Augen nicht, als er Benjamin auf der Bühne sieht. King Henry, gespielt von einer Schülerin mit rotblonden Locken, macht gerade Prince Hal zur Schnecke – gespielt von Benjamin! Alexander tut sich extrem schwer, nicht laut loszulachen, aber die junge Schauspielerin hält sich wacker. Bis sie versucht, ihrem aufsässigen Sohn eine Ohrfeige zu verpassen. Sie hält mitten in der Bewegung inne und fängt an zu kichern. Während sie sich die Tränen abwischt, sagt sie:

„Tut mir leid, Herr Godan, aber ich kann das nicht."

Benjamin lacht mit ihr.

„Ist schon okay. Mit Florian hast du das schon x Mal geprobt, und es hat immer geklappt. Das wird schon. Pass nur auf, dass du ihn nicht wirklich erwischst – eine Ohrfeige tut richtig weh, vor allem, wenn man nicht damit rechnet."

Benjamin blickt auf und registriert Alexander. Er zögert eine Sekunde.

„Okay Leute, kurze Pause. In 15 Minuten geht's weiter!"

Als der letzte der jungen Schauspieler draußen ist, schlendert er auf Alexander zu.

„Mit Publikum hab' ich noch gar nicht gerechnet", sagt er mit einem kleinen Lächeln.

„Hey", antwortet Alexander, hält aber Abstand

„Hey."

Alexander deutet mit dem Kinn Richtung Bühne.

„Wo ist dein rebellischer Prinz?"

„Beim Zahnarzt. Ich musste einspringen."

Alexander macht einen Schritt auf ihn zu.

„Du strahlst."

„Ich hatte ganz vergessen, wie wohl ich mich auf einer Bühne fühle."

„Du hast mir nie erzählt, dass du früher Theater gespielt hast."

„Als ich so alt war wie meine Schüler jetzt, hab' ich nichts lieber getan. Meine Theatergruppe war wie eine Familie, aber wie eine glückliche Familie. Das hat mir sehr gefallen – der Zusammenhalt, gemeinsam an etwas zu arbeiten. Ich war glücklich, wenn ich mit der Gruppe zusammen war."

„Weg von zu Hause", fügt Alexander leise hinzu.

„Ja. Vater hat es natürlich gehasst, aber meine Mutter hat sich durchgesetzt. Solange meine Noten nicht schlechter wurden, durfte ich spielen."

„Gibt's Aufnahmen davon?"

Benjamin denkt kurz nach.

„Ich glaube nicht. Fotos gibt es aber."

Alexander klimpert mit den Wimpern, und Benjamin verdreht die Augen.

„Okay, okay. Ich suche sie heute Abend. Kommst du vorbei?"

„Gerne."

Ein kleines Zögern entsteht, aber dann umarmen sie sich.

„Bis später", flüstert Alexander, und seine Lippen berühren Benjamins Schläfe für einen winzigen Moment.

Kapitel 20

Als Alexander in Benjamins Wohnung ankommt, sitzt der im Arbeitszimmer auf dem Boden. Mehrere Kartons stehen um ihn herum, und er hat eine kleine Schuhschachtel vor sich.

„Oohhh, du hast die Fotos gefunden!"

Alexander gibt ihm einen schnellen Kuss und setzt sich hinter ihn, um ihm über die Schulter schauen zu können. Dann fällt ihm etwas ein.

„War es okay, dass ich heute in der Schule war?"

Benjamin lehnt sich bei ihm an und schließt die Augen.

„Im ersten Moment war ich damit überfordert. Aber dann – war's in Ordnung. Danke, dass du so – zurückhaltend warst. Ich hab' mich gefreut, dich zu sehen."

Alexander hat den Eindruck, dass er noch mehr sagen will, aber er tut es nicht. Er schaut auf den Stapel Fotos, die Benjamin in der Hand hält.

„Darf ich?"

Benjamin grinst.

„Nur zu. Die schlimmsten hab' ich schon versteckt."

Alexander geht die Fotos durch, und Benjamin kommentiert. Chris, ihre Eltern, Schulkameraden. Ein Klassenfoto. Und dann die Theaterfotos. Benjamin erinnert sich an jede Inszenierung und an fast alle Namen. Ein junger Mann mit dunkelblonden Locken sticht heraus. Benjamin seufzt theatralisch.

„Oberon...in den waren wir *alle* ein bisschen verliebt."

Alexander schmunzelt.

„Wundert mich nicht. Wen hast du gespielt?"

„Puck natürlich."

„Natürlich. Foto?"

Benjamin zögert.

„Komm schon."

„Wehe du lachst."

Alexander küsst seinen Hals.

„Werd' ich nicht. Versprochen. Wie alt warst du?"

„16."

Benjamin zieht ein Foto heraus, das er offensichtlich absichtlich aussortiert hatte. Alexander kann sich nicht satt sehen. Benjamin räuspert sich.

„Ich weiß. Eigentlich hätte danach *jedem* klar sein müssen, dass ich bi bin."

Er drückt die Schultern durch.

„Aber es war ja nur Spaß. Nur eine Rolle."

„Ben", bringt Alexander schließlich heraus, „das ist wunderschön. Du bist wunderschön."

Ohne dass es ihm völlig bewusst ist, streichen seine Fingerspitzen über das Foto. Benjamin im Profil, die langen Haare leicht gewellt, mit einem Blütenkranz auf dem Kopf und einem kleinen Lächeln auf den Lippen.

„Können wir das bitte nicht wieder wegräumen?"

„Was, willst du's aufhängen?"

„Warum nicht?"

Benjamin sagt nichts, aber er legt das Foto auf den Schreibtisch.

Später im Bett sagt Benjamin leise:

„Ich glaube, ich bin so weit."

Alexander weiß sofort, was er meint. Sein Herz schlägt schneller.

„Sicher?"

„Ja."

„Das ist toll!"

„Ich meine, ich hab' die Hosen gestrichen voll, aber das wird sich nicht ändern, oder? Also werde ich es einfach trotzdem tun."

Er atmet tief durch.

„Ein Kollege hat mich zu seinem Geburtstag eingeladen und gesagt, ich kann jemanden mitbringen. Magst du?"

Alexander küsst ihn mit so viel Leidenschaft, dass er beinahe den Faden verloren hätte.

„Das ist dann wohl ein Ja", grinst er.

Als Benjamin vor dem Haus des Geburtstagskindes parkt, ist er nervöser als am ersten Schultag. Sehr viel nervöser. Alexander greift nach seiner Hand.

„Wir müssen das nicht machen. Ich kann immer noch verschwinden."

„Ich will nicht, dass du verschwindest. Ich will, dass du mit mir da reingehst und sie alle im Sturm eroberst."

Alexander beugt sich zu ihm hinüber und gibt ihm einen zärtlichen Kuss.

„Ich liebe dich. Wir schaffen das. Ich werde dir das Wort überlassen, dann hast du die Kontrolle über die Situation, aber ich bin da. Ich passe auf dich auf."

„Wehe jetzt kommt ein Kalauer darüber, dass du mir den Arsch rettest", knurrt Benjamin, aber Alexander kann das Lächeln in seiner Stimme hören. Alexander lacht leise. Benjamin holt tief Luft und öffnet die Autotür.

„Ziehen wir's durch."

Vor der Haustür treffen sie eine Frau mittleren Alters mit kurzen blonden Haaren. Benjamins Schultern spannen sich an.

„Das ist Mylen, sie unterrichtet Kunst", sagt er. „Mylen, das ist Alexander. Mein Freund."

Alexander ist sich fast sicher, dass er Benjamins Herz schlagen hört. Seine Hand legt sich leicht auf Benjamins Rücken, unterstützend, beruhigend. Mylen zögert einen Augenblick, aber dann lächelt sie und schüttelt Alexander die Hand.

„Hallo. Schön, dich kennenzulernen."

Benjamin wirft Alexander einen Blick zu, während sie Mylen ins Haus folgen. Alexander lächelt und zwinkert ihm zu, und Benjamin entspannt sich sichtlich.

Charly, das Geburtstagskind, steht in der Tür zu seiner Wohnung, als sie zu dritt dort ankommen. Er begrüßt Mylen und schaut Alexander an.

„Dein Freund?"

Mylen lächelt und schüttelt den Kopf. Benjamin schluckt.

„Äh, nein, meiner. Charly, das ist Alexander."

Charly zuckt mit keiner Wimper, als er Alexander die Hand reicht.

„Kommt rein!"

Hinter Charly steht ein sportlicher Mann mit kurzen, blonden Haaren. Er mustert Alexander von oben bis unten und entschließt sich, ihm die Hand zu geben, verschwindet dann aber so schnell wie möglich in der Wohnung. Alexander streichelt über Benjamins Rücken.

„Atmen", murmelt er.

Benjamin drückt die Schultern durch. Sie treffen nette und weniger nette Kollegen, und irgendwann braucht Benjamin eine Pause. Sie verziehen sich auf den Balkon, und Alexander nimmt ihn in den Arm.

„Bist du okay?"

„Ja, schon. Ist nur – anstrengender, als ich dachte."

„Ich finde, du hältst dich großartig, und die meisten deiner Kollegen scheinen in Ordnung zu sein."

„Ja, sind sie. Sie werden eine Weile brauchen, um sich dran zu gewöhnen, und es muss ja auch erst noch die Runde machen, aber ich bin froh. Erleichtert."

„Das ist gut."

Alexander küsst ihn, und Benjamin erwidert den Kuss mit mehr Leidenschaft, als Alexander erwartet hat. Sie schrecken auf, als jemand sich amüsiert räuspert. Eine schlanke, dunkelhaarige Frau Ende zwanzig lehnt in der Balkontür, ein breites Grinsen im Gesicht.

„Angelika, richtig?", sagt Alexander.

„Richtig. Wie kannst du dir bloß all die Namen so schnell merken?"

Alexander zuckt mit den Schultern.

„Wie auch immer, würden die Gentlemen mich bitte begleiten? Charly sagt, das Essen ist soweit."

Kapitel 21

Die meisten Anwesenden sind Alexander gegenüber aufgeschlossen und freundlich – nur der blonde Sportlehrer hält sich
bedeckt und wirft Benjamin ab und zu einen abschätzigen Blick
zu. Auf dem Heimweg reden sie kaum, und als sie in Alexanders
Wohnung ankommen, nimmt Alexander Benjamin in den Arm.

„Bist du okay?"

Benjamin nickt.

„Siehst müde aus."

„Bin ich auch", antwortet Benjamin seufzend. „Und ich habe
ein bisschen Angst vor Montag."

„Bereust du es?"

„Nein. Und irgendwie bin ich auch gespannt, was als nächstes
passiert. Wie die anderen Kollegen reagieren, die Schüler, die Eltern."

„Meine Vermutung ist, dass deine Schüler am besten damit
zurechtkommen werden."

Und genauso kommt es. Ein paar Tage gibt es Geflüster und
Gekicher, dann fragt einer seiner Schüler – offensichtlich hat die
Klasse sich abgesprochen, wer es machen muss – ob die Gerüchte
stimmen. Benjamin bestätigt, beantwortet ein paar Fragen, hauptsächlich nach Alexander, und danach gehen die Kids wieder zur
Tagesordnung über. Benjamin rechnet noch eine Zeit lang mit ne-
gativen Konsequenzen, aber als nichts Schlimmes passiert, entspannt er sich – und genießt die neue Freiheit. Ab und zu gehen
sie jetzt gemeinsam aus. Alexander ist glücklich, und auch Benjamin wird immer gelöster. Es tut ihnen beiden gut, dass sie sich

nicht mehr verstecken müssen. Schiefe Blicke und gehässige Kommentare sind selten. Paul versteht sich auf Anhieb gut mit Benjamin, und so treffen sie sich immer wieder auch zu dritt.

Benjamins Theaterstück wird ein rauschender Erfolg. Schwer zu sagen, wer stolzer ist – die jungen Schauspieler oder ihr Regisseur. Nach der Aufführung fällt Benjamin erschöpft ins Bett, ist aber zu aufgekratzt, um einzuschlafen.

„Weißt du noch, was du mir versprochen hast?", fragt Alexander.

Benjamin runzelt die Stirn.

„Wir wollten wegfahren. Jetzt, wo die Aufführung vorbei ist."

„Stimmt!"

„Ist nicht mehr lang bis zu den Osterferien. Warst du schon mal an der Côte d'Azur?"

Benjamin schüttelt den Kopf.

„Meine Eltern haben da ein Ferienhaus..."

Benjamin beginnt zu lächeln.

„Das wäre schön. Wissen sie schon Bescheid?"

Alexander grinst.

„Alles längst geklärt. Ich warte nur auf dein Okay."

„Okay", flüstert Benjamin und küsst ihn zärtlich.

Alexander lächelt immer noch, als sie schließlich einschlafen.

Kapitel 22

Wenige Tage später steht Benjamin am Fenster und starrt hinaus, schweigsam und abwesend. Er hat den ganzen Tag kaum etwas gesagt. Schließlich hält Alexander es nicht mehr länger aus. Er legt sein Buch weg, steht auf und stellt sich hinter Benjamin. Die Arme um seine Taille geschlungen sagt er:

„Was ist los mit dir?"

„Ist einfach kein guter Tag."

Alexander küsst Benjamins Hals, aber er reagiert nicht. Alexander denkt zurück, erinnert sich an den Tag, als sie sich kennengelernt haben. Es war ein Tag wie dieser, einer der ersten Frühlingstage, sonnig, aber noch kühl. Und dann wird es ihm klar.

„Es ist ihr Todestag, oder? Das Datum, an dem deine Mutter gestorben ist?"

Es dauert eine Ewigkeit, bis Benjamin nickt. Alexander küsst ihn nochmal.

„Kann ich was tun?"

„Ich will einfach nur, dass der Tag vorbeigeht."

Benjamin geht früh ins Bett. Nicht, weil er müde wäre, sondern weil er einfach nichts mit sich anzufangen weiß. Alexander kommt kurz darauf nach und nimmt ihn in die Arme. Er spürt, wie rastlos Benjamin ist, erschöpft, aber unfähig, zur Ruhe zu kommen.

„Du warst nicht am Grab", sagt er leise, bemüht, es nicht wie einen Vorwurf klingen zu lassen. Benjamin antwortet nicht. Und dann wird Alexander klar, dass er weint. Stumm. Lautlos. Seine Tränen dringen durch Alexanders T-Shirt. Er zieht ihn noch näher an sich und streicht ihm über die Haare, versucht, ihn zu beruhigen. Es ist bereits vollständig dunkel, als Benjamin endlich reagiert:

„Ich war noch nie an ihrem Grab."

Alexander kann es kaum fassen.

„Warum nicht?"

„Weil ich ein mieser Sohn bin?"

Alexander seufzt.

„Wovor hast du Angst?"

Benjamin befreit sich aus Alexanders Armen und dreht sich auf den Rücken. Alexander küsst ihn auf die Wange.

„Du weißt, dass du mir alles sagen kannst, oder?"

Benjamins Augen sind immer noch feucht.

„Das Ganze ist so erbärmlich, dass ich's kaum denken will. Geschweige denn aussprechen."

„Ben, ich liebe dich. Ich wünsche mir nichts mehr, als dass du mir vertraust. Damit ich dir helfen kann."

„Und wenn mir nicht zu helfen ist?"

Alexander sieht ihn lange an.

„Soll ich mitkommen?"

Benjamin reagiert nicht.

„Soll ich?"

Benjamin schluckt.

„Würdest du?", presst er hervor.

Alexander küsst ihn nochmal, diesmal voll auf den Mund, und Benjamin wendet sich ihm zu und erwidert den Kuss.

„Natürlich", flüstert Alexander. „Ich tu alles, was dir hilft."

„Warum?"

„Warum? Weil Partner für so was da sind. Sich zu helfen, wenn einer allein es nicht schafft. Ist quasi mein Job."

Benjamin kämpft gegen die Tränen an.

„Können wir jetzt sofort gehen? Ich weiß, dass es ein merkwürdiger Zeitpunkt dafür ist, aber..."

Alexander küsst ihn nochmal.

„Worauf wartest du noch?", sagt er mit einem Lächeln und steht auf.

Benjamin erwidert sein Lächeln.

„Womit habe ich dich verdient", schnieft er und lässt sich hochziehen. Alexander umarmt ihn. Sie stehen eine ganze Weile da und halten einander fest.

„Ich liebe dich so sehr, dass es wehtut", murmelt Benjamin, und Alexander drückt ihn an sich.

„Gehen wir", sagt er nur, als er Benjamin schließlich loslässt.

Auf dem Parkplatz des Friedhofs angekommen rührt sich Benjamin nicht vom Fleck. Alexander greift nach seiner Hand.

„Mein Vater", sagt Benjamin aus heiterem Himmel. „Ich hatte immer Angst, meinem Vater hier zu begegnen. Er würde mich in der Luft zerreißen."

„Er ist nicht hier, Ben."

Benjamin nickt und steigt aus. Er richtet sich auf. Sein Kiefer spannt sich an. Alexander folgt ihm mit ein paar Schritten Abstand. Nach einer Weile bleibt Benjamin stehen, die Taschenlampe auf einen hellen Grabstein gerichtet. Er steht wie erstarrt. Alexander ist sich nicht sicher, ob er noch atmet. Vorsichtig legt er ihm die Hand auf die Schulter, streicht ihm über den Rücken. Benjamins schlanke Gestalt scheint zu schrumpfen. Die Taschenlampe zittert. Alexander nimmt sie ihm wortlos ab und legt den Arm um ihn.

„Es tut so unglaublich weh", flüstert Benjamin. „Ihren Namen auf diesem Stein zu sehen. Zu wissen, dass damals alle, die sie kannten, hier standen und Abschied von ihr genommen haben. Und ich war nicht dabei. Was, wenn sie zugesehen hat, und ich war nicht da?"

Alexander schließt ihn in die Arme.

„Sie sieht dich, Ben. Sie sieht dich heute, und sie hat dich damals gesehen."

„Im Gefängnis", sagt Benjamin, und seine Stimme ist voller Abscheu.

„Unschuldig", entgegnet Alexander betont ruhig. „Dass du damals nicht hier warst, lässt sich nicht mehr ändern. Aber jetzt bist du hier."

Er streichelt über Benjamins Rücken.

„Möchtest du mit ihr alleine sein?"

Benjamin zögert, aber dann nickt er und löst sich aus Alexanders Umarmung.

„Ich warte im Auto", sagt Alexander und gibt ihm einen zärtlichen Kuss. „Nimm dir so viel Zeit, wie du brauchst."

Am nächsten Tag findet Alexander ein Päckchen auf seinem Platz am Esstisch. Das Foto von Benjamin als Puck, gerahmt.

„Für alles, was du für mich getan hast, tust und bist. Ich liebe dich. Ben"

Benjamins Handschrift verschwimmt vor Alexanders Augen.

Kapitel 23

Als Benjamin das Schulhaus verlässt und die Frühlingssonne auf dem Gesicht spürt, beschließt er spontan, Alexander zu überraschen – vielleicht hat er ja Lust, essen zu gehen. Er schleicht sich in die Praxis. Die Tür zum Behandlungszimmer ist angelehnt, also ist kein Patient mehr da. Trotzdem hört Benjamin Alexanders Stimme. Er klingt müde.

„Noch in der Praxis, aber ich werde jetzt nach Hause gehen und mich hinlegen. Tut mir leid, aber heute ist echt nichts mit mir anzufangen."

...

„Ja, schon wieder. Ist das dritte Mal diesen Monat. Ganz ehrlich – ich kann nicht mehr."

...

„Es ist dieser Fall, von dem ich dir erzählt habe. Heute habe ich – schlechte Nachrichten erhalten. Und dann habe ich ja immer noch meinen Patienten zu Hause. Ich weiß nie, was mich mit Ben erwartet. Manchmal fällt mir einfach nichts ein, was ich noch sagen kann, da hilft die ganze Erfahrung nichts. Ich liebe ihn, aber an manchen Tagen bin ich mir nicht sicher, ob ich die Kraft habe, mit ihm zusammen zu sein."

...

„Okay. Ich ruf' dich an."

Benjamin steht da wie angewurzelt. *Der Patient zu Hause? So sieht er mich?* Für einen Moment ist er wie gelähmt, unfähig zu reagieren. Und dann dreht er sich um und geht. Er wird Alexander nicht weiter zur Last fallen.

An diesem Abend hört Benjamin nichts von Alexander. Am nächsten Morgen ignoriert Benjamin sein Handy. Als er spätnachts nach Hause kommt, blinkt sein Anrufbeantworter, aber er hört sich die Nachricht nicht an. Er fällt ins Bett und wartet darauf, dass das Raum aufhört, sich zu drehen.

Mitten in der Nacht wacht er auf, verschwitzt und unruhig. Er quält sich aus dem Bett und trinkt ein Glas Wasser. Seine Hände zittern, seine Knie geben nach. Er lässt sich auf einen Küchenstuhl fallen und studiert seine Hände und Arme. Die Narben erinnern ihn daran, wie gut es tut, ein Ventil zu haben. *Das Gefühl, wenn der Druck nachlässt. Zuzusehen, wie das Blut über seine Haut fließt und alles wegschwemmt, bis sein Kopf leer ist.* Er ballt seine Hände zu Fäusten. Nein. Sein Blick fällt auf das rote Lämpchen des Anrufbeantworters, das immer noch blinkt.

„Hey Benjamin, ist alles okay bei dir? Ich habe ein paar Mal versucht, dich auf dem Handy zu erreichen. Rufst du mich zurück?"

Die Nachricht ist von 19:34. Benjamin schaut auf die Uhr. 5:26. Es lohnt sich nicht, nochmal ins Bett zu gehen. Er löscht Alexanders Nachricht und geht duschen.

Als Benjamin nach Hause kommt, wartet Alexander vor dem Haus auf ihn. Benjamins Magen krampft sich zusammen. Alexander sieht ihn fragend an.

„Hey. Was ist los?"

„Ich habe dir nichts zu sagen", presst Benjamin hervor und geht an Alexander vorbei.

„Ben, ich bitte dich, was ist denn passiert?"

Benjamin hat die Tür aufgeschlossen und dreht sich nochmal um.

„Vielleicht denkst du nochmal nach. Möglicherweise kommst du drauf."

Die Tür fällt ins Schloss. Alexander starrt hinter Benjamin her. Er versteht nicht, was er falsch gemacht haben könnte. Er hat sich einen Tag lang nicht gemeldet, aber das kann ja wohl kein Verbrechen sein. Außerdem hatte er an dem Tag brüllende Kopfschmerzen, und das hat er Benjamin auch zu erklären versucht. *Was soll ich machen, wenn er nicht an sein Handy geht und seine Nachrichten nicht liest?* Es ergibt keinen Sinn. Er schließt die Haustür auf, aber an der Wohnungstür steckt innen der Schlüssel. Er klingelt. Nach dem dritten Mal knurrt Benjamin durch die Tür:

„Was?!"

„Ben, bitte. Lass mich rein und rede mit mir."

Keine Antwort.

„Warum muss alles immer ein Drama sein bei dir?"

Nach einer Pause kommt die Antwort, aber Benjamins Stimme ist so verzerrt, dass Alexander sie kaum erkennt:

„Das ist eben so bei uns *Patienten!*"

Was zum -? Oh Gott. Alexander schließt die Augen. *Bitte nicht.*

„Warst du in der Praxis?", sagt er, und die Stimme versagt ihm. Er schluckt. „Als ich mit Paul telefoniert habe? Hast du mich gehört?"

„Bingo!" Benjamins Stimme trieft vor Verachtung.

Alexander sucht Halt an der Tür.

„Bitte lass mich rein, damit ich es dir erklären kann", sagt er so ruhig wie möglich, während in seinem Inneren ein Sturm tobt. „Bitte, Benjamin. Es tut mir so leid. Bitte mach die Tür auf."

Es dauert eine Ewigkeit, aber dann hört Alexander den Schlüssel im Schloss. Gott sei Dank. Als Alexander die Wohnung betritt, lehnt Benjamin in der Küchentür, mit dem Rücken zu Alexander.

„Es tut mir leid, Benjamin. Ich hätte das nicht sagen dürfen."

Benjamin dreht sich halb um.

„Dass du es *denkst* macht mir mehr Sorgen!", knurrt er.

Alexander geht um ihn herum. Seine Bewegungen sind langsam, zögernd. Er ist sich nicht sicher, ob er das Recht hat, hier zu sein. Benjamin reagiert nicht.

„Bitte, Benjamin. Egal was du brauchst, um mir zu verzeihen, ich tu's. Ich bin ein Idiot. Es tut mir so leid."

„Ich bin mir nicht sicher, ob ich dir das verzeihen kann."

„Bitte sag nicht, dass es aus ist zwischen uns. Bitte nicht. Ich liebe dich. Ich will dich nicht verlieren."

Endlich sieht Benjamin ihn an.

„Kannst du dir auch nur ansatzweise vorstellen, wie weh das getan hat? Zu hören, dass ich nur ein weiterer Patient für dich bin? Dass du mir aus dem Weg gehst, wenn es dir schlecht geht, damit ich es nicht schlimmer machen kann? Hast du jemals daran gedacht, mir zu *sagen*, wenn es dir schlecht geht? *Was* war das dritte Mal in diesem Monat? Und wieso weiß Paul über diesen ominösen Fall Bescheid und ich nicht? Ist es dir je in den Sinn gekommen, dass *ich* vielleicht *dir* helfen könnte, wenn du das brauchst, statt immer nur umgekehrt? Aber wahrscheinlich bin ich dafür zu schwach. Nicht belastbar. Nicht stabil genug."

Seine Stimme zittert vor Wut. Alexander wird klar, dass er sich mühsam beherrscht. Er macht einen Schritt auf Benjamin zu, nah genug, um ihn zu berühren, aber er tut es nicht.

„Ich hatte furchtbare Kopfschmerzen, schon den ganzen Tag, das dritte Mal innerhalb eines Monats. Ich konnte kaum klar denken und habe mich selbst bemitleidet, und dann fiel mir ein, dass ich mit Paul verabredet war. Ich habe ihn angerufen, um abzusagen, und ihm vorgejammert, wie anstrengend mein Leben ist. So empfinde ich das an solchen Tagen – dass mir alles zu viel ist. Dass die Welt mich einfach in Ruhe lassen soll. Ich konnte nicht mehr. Dabei bist du unter die Räder gekommen. Das war unfair. Das hast du nicht verdient, und ich hätte es nicht sagen dürfen."

„Vielleicht hättest du *mich* anrufen sollen, oder das Ganze überhaupt mal erwähnen!"

Alexander lässt den Kopf hängen.

„Ich wollte nicht, dass du mich so erlebst – weinerlich und reizbar."

„Ich bin kein kleines Kind, Alexander, und ich bin nicht mehr dein Patient. Trau mir ein bisschen was zu, verdammt noch mal."

Alexander sieht auf.

„Das wird sich ändern, das verspreche ich dir."

Er schluckt.

„Wenn du das noch willst", fügt er leise hinzu.

Benjamin seufzt und lässt sich auf einen Stuhl fallen.

„Du bist ein Idiot."

Alexander geht neben ihm in die Hocke.

„Stimmt. Bin ich."

„Aber du bist mein Idiot."

Alexander sieht ihn mit großen Augen an.

„Heißt das -"

„Ich liebe dich, du Idiot."

Benjamin beugt sich zu Alexander hinunter und küsst ihn.

„Tu mir so was nie wieder an", flüstert er, und Alexander nickt nur. Er lässt sich zu Boden sinken und legt den Kopf auf Benjamins Knie. Benjamin fährt ihm durch die Haare.

„Was ist los?", fragt er leise.

„Ich kann einfach nicht mehr."

„Was meinst du?"

Alexander zittert. Benjamin setzt sich zu ihm auf den Boden und zieht ihn an sich, um ihn zu beruhigen. Alexander küsst ihn, stürmisch und fordernd. Seine Hände wandern über Benjamins schlanken Körper, und dann zieht er ihn in seine Arme.

„Alexander?"

Die Besorgnis und Verwirrung in Benjamins Stimme rütteln Alexander auf. Er reißt sich zusammen.

„Ich glaube, ich steuere auf einen Burnout zu."

„Ist es – kannst du drüber reden?"

Alexander zögert. Dieser Fall hat ihn nicht losgelassen, auch nicht nach Feierabend, und er hat ihn nicht mal erwähnt, weil er Benjamin nicht belasten wollte.

„Wenn es irgendetwas gibt, was du dir von der Seele reden musst, und wenn es einen Weg gibt, wie du es mir erzählen kannst, ohne dein Berufsethos zu verletzten, dann rede um Himmels Willen bitte mit mir."

Sie setzen sich aufs Sofa, und Alexander ringt um die richtigen Worte. Benjamin wartet ab, streichelt ihn immer wieder, lasst ihm Zeit.

„Ich habe heute eine Patientin verloren", sagt er endlich.

„Warte, was meinst du mit 'verloren'?"

„Sie hat sich das Leben genommen."

Benjamin ist sprachlos.

„Nach jeder Sitzung habe ich mich gefragt, ob ich sie einweisen lassen muss. Ich habe mich jedes Mal dagegen entschieden. Es war die falsche Entscheidung."

Benjamin nimmt ihn in den Arm und hört zu. Stellt die richtigen Fragen. Macht die richtigen Vorschläge. Und Alexanders Atem wird ruhiger. Er fängt an, loszulassen, klarer zu sehen.

„Danke", murmelt er schließlich mit einem tiefen Seufzer der Erleichterung.

„Ich habe nicht viel getan."

„Du hast unglaublich viel getan", antwortet Alexander und küsst ihn voller Dankbarkeit.

Kapitel 24

Ein paar Tage später sind sie mit Paul zum Essen verabredet – aber fünf Minuten, bevor sie das Haus verlassen wollen, verkündet Benjamin, dass er nicht mitkommt.

„Aber *du* kannst ruhig gehen."

„Ich kann's absagen, oder verschieben."

„Nein, ist schon okay, geh einfach alleine."

Alexander ist sich ziemlich sicher, dass es nicht okay ist.

„Wenn du möchtest, bleibe ich zu Hause -"

„Ich hab' gesagt", Benjamin macht eine dramatische Pause, „es ist okay!"

„Ben, ich sehe doch, dass es *nicht* okay ist, also -"

„Verdammt nochmal, geh einfach alleine!"

Und er verlässt tatsächlich den Raum.

„Okay, von mir aus!", ruft Alexander ihm hinterher. Keine Antwort.

„Von mir aus", wiederholt Alexander leise. Die Tür fällt mit mehr Nachdruck hinter ihm ins Schloss als nötig gewesen wäre. *Toll. Sehr erwachsen, Herr Therapeut.* Alexander zögert einen Moment. Aber Benjamin würde nur noch sturer werden, wenn er es nochmal versuchen würde, und Alexander kann wirklich einen Abend außer Haus vertragen.

Das Erste, was Paul sagt, ist:

„Kein Benjamin?"

Alexander verdreht die Augen.

„Er ist sauer auf mich."

„Habt ihr euch gestritten?"

„Schön wär's. Benjamin Godan streitet sich nicht. Er schmollt einfach. Jetzt muss ich raten, was los ist. Er erwartet, dass ich seine Gedanken lese."

Paul grinst.

„Was?!"

„Dir ist schon klar, dass es eine erwachsene Lösung für diese Situation gibt?"

„Was, ich soll ihn einfach fragen? Warum kann er's mir nicht einfach sagen?"

Paul seufzt.

Sie bestellen ihr Essen und reden über andere Dinge, aber Alexander ist rastlos und abwesend. Kaum sind die Teller leer sagt Paul:

„Jetzt geh schon und rede mit ihm."

„Tut mir leid, Paul. Ich war keine besonders gute Gesellschaft."

Paul lächelt ihm zu.

„Ist schon okay. Ein anderes Mal gehen wir alle drei essen. Jetzt kümmere dich erst mal um deinen Freund."

Als Alexander nach Hause kommt, findet er eine offene Flasche Wodka auf dem Küchentisch und Benjamin im Bad. Er sitzt auf dem Boden, ein Küchenmesser in der Hand – und er blutet aus einem Dutzend feiner Schnitte am linken Arm.

„Scheiße verdammt nochmal!"

Benjamin zieht den Kopf ein. Er sieht aus wie ein Welpe, den man einmal zu oft getreten hat. Alexander greift nach einem Handtuch und wickelt es um Benjamins Unterarm.

„Bitte rede mit mir. Ich dachte das wäre längst vorbei? Ich dachte, du wärst über diese Phase hinweg? Wo kommt das jetzt auf einmal her?"

„Weiß ich nicht", sagt Benjamin, und es klingt unendlich erschöpft.

„Aber nicht wegen vorhin, oder? Ist es meine Schuld?"

Benjamins Atem stockt.

„Ich darf dich nicht verlieren", sagt er, und seine Stimme ist weinerlich. *Wie viel Wodka her er intus?*

„Wirst du nicht! Worum geht's hier?"

„Du warst sauer auf mich. Das kann ich – damit konnte ich nicht umgehen. Nicht wenn ich – so drauf bin."

„Was meinst du?"

Benjamin sieht ihn an, und auf einmal wirkt er fast nüchtern.

„Panisch, okay? Ich hatte eine beschissene Panikattacke, und sie kam aus heiterem Himmel!"

„Was? Wann?!"

Benjamin sackt in sich zusammen.

„Kurz bevor wir gehen wollten."

Alexander schließt kurz die Augen.

„Du wolltest nicht aus dem Haus gehen, weil du eine Attacke hattest, und du wolltest es mir nicht sagen, weil – wegen neulich."

Benjamin nickt.

„Du bist ein Idiot", sagt Alexander und küsst seine Schläfe.

„Du hättest mich gefragt, was der Auslöser war, und ich hätte keine Antwort gehabt, und wir hätten den ganzen Abend damit verbracht, mich zu analysieren", murmelt Benjamin undeutlich.

„Stattdessen hast du eine halbe Flasche Wodka runter gestürzt und dir den Arm aufgeritzt. Ich bin mir nicht sicher, ob das besser war."

Er fährt sich durch die Haare.

„Tut mir leid. Ich weiß, dass das nicht so einfach ist. Ich – hätte bloß gedacht, dass du mir so was sagst. Ich dachte, du weißt, dass du's mir sagen *kannst*."

„Nach dem ganzen Gerede darüber, dass du mich nicht als Patienten sehen sollst und wie stabil ich doch bin blabla -"

Er schluckt.

„Okay, was soll ich tun?"

Benjamin sieht ihn fragend an.

„Ich hab' verstanden, dass du mich nicht im Therapeutenmodus haben willst. Aber was soll ich stattdessen tun? Als dein Freund?"

Benjamin seufzt.

„Im Moment – würdest du mir mit dem Arm helfen?"

Später im Bett starrt Benjamin an die Decke. Seine Stimme klingt flach und müde:

„Ich hatte seit Jahren keine Attacke. Hat mich kalt erwischt. Ich wusste nicht, was ich tun soll."

Er wendet sich Alexander zu.

„Ich hätte's dir sagen sollen."

Alexander streichelt sein Gesicht.

„Falls es jemals wieder passiert, bitte sag was."

Benjamin schließt die Augen, zu Tode erschöpft.

„Okay."

Kapitel 25

Am Abend des letzten Schultages vor den Osterferien liegen sie im Bett und reden – über ihren bevorstehenden Südfrankreichurlaub, über Alexanders Arbeit, über die Schule. Irgendwann sagt Alexander völlig unvermittelt:

„Ich hab' heute Morgen ein graues Haar gefunden."

Benjamin stützt sich auf und mustert ihn.

„Wo?"

„Hab's ausgerissen."

Benjamin muss lachen.

„Im Ernst?"

Alexander zuckt mit den Schultern.

„Ich kann die 40 schon am Horizont sehen."

„Und?"

„Ich weiß auch nicht, Midlifecrisis?"

Benjamin küsst ihn mit Hingabe. Schläfe, Wangenknochen, Hals. Alexander schließt die Augen und genießt. Ganz nah an seinem Ohr flüstert Benjamin:

„Wenn du auf die 90 zugehst, und ich gerade mal Anfang 80 bin, dann werden wir auf einer Bank in der Sonne sitzen und über die Nachbarn lästern."

Alexander muss schlucken. Und dann nimmt er Benjamins Gesicht in beide Hände und gibt ihm einen leidenschaftlichen Kuss. Eine Weile wird gar nicht geredet. Und dann lässt Benjamin sich in die Kissen fallen.

„Ich habe neulich ein paar Shakespeare Sonette gelesen, mit den Achtklässlern."

Er sieht zu Alexander auf, und sein Blick ist weich.

„Hab' die ganze Zeit an dich gedacht", fügt er leise hinzu.

Alexanders Lächeln bringt seine Augen zum Leuchten.

„Shall I compare thee to a summer's day?"

„Ja, das auch."

„Kannst du das auswendig?"

Benjamin schließt die Augen.

„Shall I compare thee to a summer's day?
Thou art more lovely and more temperate.
Rough winds do shake the darling buds of May,
And summer's lease hath all too short a date.
Sometime too hot the eye of heaven shines,
And often is his gold complexion dimmed;
And every fair from fair sometime declines,
By chance, or nature's changing course, untrimmed;
But thy eternal summer shall not fade,
Nor lose possession of that fair thou ow'st,
Nor shall death brag thou wand'rest in his shade,
When in eternal lines to Time thou grow'st.

So long as men can breathe, or eyes can see,

So long lives this, and this gives life to thee."

Die Worte hängen in der Luft, federleicht hingetupft von Benjamins sanftem Bariton. Alexander kann den Blick nicht von ihm abwenden. Er räuspert sich, um seine Stimme unter Kontrolle zu bringen.

„Ich glaube, du warst nie schöner als in diesem Augenblick."

Benjamin öffnet endlich die Augen und sieht ihn an. Sein Lächeln ist atemberaubend, gelöst und liebevoll. Er ist im Einklang mit sich und der Welt.

„Falls du noch mehr Shakespeare vertragen kannst, mein Lieblingszitat ist aus Hamlet."

Diesmal hält er den Blickkontakt, und Alexander bekommt eine Gänsehaut.

„Doubt thou the stars are fire,

Doubt that the sun doth move,

Doubt truth to be a liar,

But never doubt I love."

Seine Fingerspitzen berühren Alexanders Wange.

„Ich habe noch nie für jemanden so empfunden wie für dich", sagt er sanft. Alexander küsst ihn wieder, vorübergehend sprachlos, aber unendlich glücklich. Seine Lippen wandern, und Benjamin lässt sich verwöhnen.

Später liegen sie erschöpft und zufrieden im zerwühlten Bett.

„Kann ich dich was fragen?"

Benjamin klingt neugierig und gleichzeitig unsicher.

„Klar."

„Ich weiß es ist schlechter Stil, über Ex-Partner zu reden, aber
-"

Alexander hebt die Augenbrauen.

„Na ja, du weißt ein bisschen was über meine..."

„Lass mich überlegen - Nele, die in deiner Klasse war, als du nach dem Klinikaufenthalt zurückkamst, und eigentlich nur beweisen wollte, dass du nicht schwul bist."

„Dann aber meinem unwiderstehlichen Charme verfiel. Genau."

Alexander lacht in sich hinein.

„Angie, enge Freundin, von der du mehr gewollt hättest, die aber nur Augen für deinen Bruder hatte."

„*Einen* Abend lang sah es fast so aus...aber wir schweifen ab."

„Tun wir das?"

„Ja! Ich wollte was über *deine* Vergangenheit wissen!"

Als Alexander nicht gleich antwortet, bereut Benjamin die Frage.

„Ist okay, wenn du nicht willst", sagt er leise.

Alexander atmet durch.

„Nein, ist schon gut. Mein erster Freund war deutlich älter als ich, und ich war noch nicht volljährig. Also haben wir uns ziemlich bedeckt gehalten. An der Uni konnte ich mich endlich so richtig austoben, und das hab' ich auch gemacht."

„Alexander!"

„Was?"

„Hätte ich dir gar nicht zugetraut."

Alexander zuckt mit den Schultern.

„Was soll ich sagen. Wir waren jung."

Benjamin scheint diese Information erst mal verdauen zu müssen.

„Einen meiner Verflossenen hast du ja leider kennen gelernt."

Es dauert einen Moment, aber dann fällt der Groschen.

„Oh, ja! Stimmt! Er kam in die Praxis, aber da war schon Schluss, oder?"

„Ja, leider hat er das nicht so recht wahrhaben wollen. Ging noch eine Weile so weiter..."

Und dann wird Alexander still. Benjamin nimmt die veränderte Stimmung im Raum ganz deutlich wahr. Er küsst Alexander auf die Stirn.

„Ist schon gut. Geht mich ja auch wirklich nichts an."

„Ich möchte gern", sagt Alexander so leise, dass Benjamin es fast überhört hätte. Ganz offensichtlich fällt das Thema Alexander schwer, aber er wirkt fest entschlossen.

„Über Christian habe ich noch nie mit jemandem geredet. Also, Paul wusste, dass wir zusammen waren, meine Eltern auch, aber ich habe nie über unsere Beziehung geredet. Nicht, solange sie angedauert hat, und danach erst recht nicht."

„Warum nicht?"

„Weil es wahnsinnig kompliziert war."

Er fährt sich durch die Haare.

„Er war der erste Partner, der diese dominante Seite hatte, und – scheiße war das heiß. Als ob ich endlich das fehlende Puzzleteil gefunden hatte. Plötzlich hat alles Sinn ergeben, und ich habe so viel über mich selbst gelernt."

„Klingt doch gut."

„Theoretisch, ja. Leider war das, was er mir als Dominanz verkauft hat, zum großen Teil Missbrauch und Kontrolle. Und er hat mir sehr wehgetan. Wenn ich mal Nein zu ihm gesagt habe, was sowieso nicht oft vorkam, musste ich das immer büßen. Er hat mich spüren lassen, dass er jederzeit jemand anderen finden kann – und oft genug hat er das auch getan. Dann habe ich mich mehr angestrengt, um ihn zufrieden zu stellen, aber es war nie gut genug. Ich habe viel zu lang gebraucht, um zu kapieren, wie sehr mir diese Beziehung geschadet hat."

„Wie lang -"

„Etwas mehr als ein Jahr. Nach dem Jahr war mein Selbstvertrauen so im Eimer, dass ich nochmal fünf Monate gebraucht habe, um mich von ihm zu trennen. Er hatte mir eingeredet, dass ich niemanden finden würde, der mit mir zusammen sein will. Dass ich keine Chance hätte, von ihm los zu kommen und sowieso wieder zurück gekrochen kommen würde – dass er dann aber bestimmt bereits jemand besseren gefunden hätte."

„Geh ruhig. Ich finde leicht jemand anderen, ist ja nicht das erste Mal. Vielleicht lassen wir dich zuschauen, damit du was lernst."

Flirts, Küsse, auch wenn Alexander dabei war. Der unglaublich gute Sex, kaum dass sie durch die Tür waren, zur Belohnung, wenn Alexander ohne aufzumucken zugesehen hatte. Die Psychospielchen. Die bodenlose Verunsicherung darüber, was Christian in ihm auslöste. Wut,

Schmerz, Abhängigkeit, Hilflosigkeit, Faszination. Christians Stim-
mungsschwankungen. Seine Zärtlichkeit, wenn er mit Alexander zu-
frieden war. Seine Kälte, wenn nicht.

„Alex?"

Benjamin klingt besorgt. Alexander kehrt in die Gegenwart
zurück und schüttelt sich. Als ob er die Erinnerung und die Emotionen, die damit einhergehen, buchstäblich abschütteln muss.
Benjamin sieht ihn mit großen Augen an.

„Hab' ich – ich meine, war irgendwas von dem, was ich zu dir
gesagt habe, jemals -"

„Ein Trigger?"

Benjamin nickt. Alexander atmet tief durch.

„Manches, ja."

Benjamin wird schlecht.

„Es tut mir leid, Alexander. Es tut mir so unglaublich leid."

„Ist nicht deine Schuld. Und es ist okay. Du hast nichts gemeinsam mit ihm. Du würdest mir nie mit Absicht schaden, das
weiß ich, und ich vertraue dir. Um ehrlich zu sein hast du ein paar
Trigger deprogrammiert."

„Ach ja?"

„Ja. Manchmal siehst du mich an und sagst einen Satz, den er
auch immer benutzt hat, und dann kommt die Angst hoch – aber
dann ist es gut, und du bist unglaublich und machst alles richtig,
und ich habe wieder ein kleines Stück von mir selbst zurückero-
bert. Bei Christian musste ich einen furchtbaren Preis bezahlen,

um zu bekommen, was ich wollte. Was ich brauchte. Von dir bekomme ich das alles und noch so viel mehr...geschenkt. Ohne dafür zu leiden. Bei dir heilen die Wunden, Ben."

Benjamins Kehle wird eng.

„Wann immer ich was Falsches sage, oder es dir schlecht geht, oder irgendwas in deinem Kopf abläuft, das ich nicht bemerke, *bitte* sag mir Bescheid!"

Alexander nickt.

„Versprich es."

„Versprochen."

Benjamin zieht ihn an sich.

„Gott, es tut mir leid, dass ich davon angefangen habe."

„Mir nicht. Ich bin so froh, dass ich das losgeworden bin."
Eine ganze Weile sagt niemand etwas, und dann holt Alexander Luft.
„Danach war ich sehr, sehr lange Single. Habe mir eingeredet, dass ich es so will, mich selbst finden und so, aber natürlich hatte ich hauptsächlich Angst."
Er fängt an zu lächeln.
„Und dann war da Mats. Der klassische, klischeehafte Urlaubsflirt. Eine Woche Strand und Bett. Wir haben keine E-Mailadressen ausgetauscht, ich weiß bis heute nicht, wie er mit Nachnamen heißt. Aber es war eine so unglaublich gute Zeit. Unbeschwert. Er hat mir Komplimente gemacht und den ganzen Tag geflirtet, und ich kam mir vor wie der König der Welt. Er hat in einer Woche so viel von dem Schaden wieder gut gemacht, den Christian angerichtet hatte...unglaublich."

„Guter Mann", sagt Benjamin. Er klingt erleichtert.

„Ja. Definitiv."

Alexander kuschelt sich in Benjamins Arme.

„Und in ein paar Tage gehen *wir* am Strand spazieren. Ich brauche dringend Urlaub."

„Ich auch", seufzt Benjamin.

Mit dem Gedanken an südfranzösische Strände schlafen sie beide ein.

Kapitel 26

Chris ist endlich mal wieder zuhause, und einen Tag bevor Alexander und Benjamin nach Frankreich aufbrechen wollen, gehen die Brüder zusammen Kaffee trinken. Wie immer kann Chris nicht viel darüber sagen, was er in letzter Zeit gemacht hat, aber es gibt etwas Anderes, worüber er reden möchte.

„Ich fange langsam an, mir Sorgen um Papa zu machen, Ben. Ich habe ihn vier Monate nicht gesehen, und in der Zeit hat er stark abgebaut."

Benjamin will es nicht hören, das will er nie. Aber dieses Mal besteht Chris darauf.

„Wir müssen was tun. Er kann nicht mehr lange allein bleiben."

Also hört Benjamin zum ersten Mal wirklich zu, und er kann nicht anders, als sich ebenfalls Sorgen zu machen. Ihr Vater ist gestürzt, schon wieder, diesmal keine Brüche. Aber er wirkt manchmal desorientiert, und es wird schlimmer, sagt Chris.

„Ich glaube, wir sollten ihm Hilfe organisieren."

Benjamin schnaubt verächtlich.

„Als ob er das akzeptieren würde."

„Ich bin mir da gar nicht so sicher. Er gibt es nicht zu, aber ich glaube, er weiß, dass er Hilfe braucht."

„Na gut, dann besorge ihm einen Pflegedienst."

„Das werde ich. Aber du musst ab und zu nach dem Rechten sehen, wenn ich nicht da bin."

Benjamin beißt die Zähne zusammen.

„Mir zuliebe?"

Chris seufzt.

„Ruf wenigstens ab und zu den Pflegedienst an. Ich würde denen gern deine Nummer geben, für den Notfall."

Benjamin nickt resigniert.

„Ja, okay."

„Danke, Ben."

Und dann richtet Benjamin sich auf.

„Ich habe dir auch was zu erzählen."

„Okay?"

„Ich habe jemanden kennengelernt."

„Wirklich? Cool! Ich will alles über sie wissen."

Benjamin beißt sich auf die Lippe.

„Ihn."

Das verschlägt Chris für einen Augenblick die Sprache, aber dann grinst er seinen kleinen Bruder breit an.

„Okay, dann eben ihn."

„Echt jetzt? Einfach so? Keine Aufregung?"

„Du bist mein Bruder, und ich hab' dich lieb. Ich will, dass du glücklich bist. Gott, du hast es wahrlich verdient."

Also erzählt Benjamin seinem Bruder alles über den Typen, an den Chris sich dunkel von Benjamins Umzug erinnert, und erklärt ihm schließlich sogar, wie sie sich ursprünglich kennengelernt haben. Chris schweigt eine Weile, und dann sagt er:

„Ruf ihn an und bitte ihn, zu kommen. Ich will ihn kennenlernen."

„Na ja, eigentlich *hast* du ihn ja schon kennengelernt..."

Chris wirft ihm einen seiner bewährten Großer-Bruder-Blicke zu, was Benjamin zum Lachen bringt.

„Okay, schon gut. Ich rufe ihn an."

Chris nimmt einen Schluck aus seiner Tasse.

„Ich muss mit ihm reden."

Benjamin starrt ihn an.

„Was, ‚um neun muss er zu Hause sein'?"

„Nein. Eher ‚Falls du meinem kleinen Bruder weh tust, breche ich dir die Nase, willkommen in der Familie.'"

Die drei Männer essen gemeinsam, und obwohl Alexander und Chris nicht unterschiedlicher sein könnten, verstehen sie sich gut. Nachdem sie ihr Abendessen beendet haben, will Chris Alexander überreden, noch mit ihnen in einen Club zu gehen, aber Alexander lehnt dankend ab.

„Einer von uns muss morgen fit genug sein, um nach Südfrankreich fahren, und außerdem seht ihr euch so selten. Genießt es."

Er gibt Benjamin einen relativ züchtigen Kuss und reicht Chris die Hand.

„War schön, dich kennenzulernen. Hoffentlich sehen wir uns bald mal wieder."

„Ja, das wäre schön."

Alexander lächelt ihm zu und sieht den Beiden nach. Er lächelt immer noch, als er zu Hause ankommt – froh, dass das Treffen so gut lief. Er weiß, wie sehr Benjamin seinen großen Bruder liebt, auch wenn es nicht immer leicht für Benjamin war, mit ihm aufzuwachsen. Aber es ist schön zu sehen, wie nah die Brüder sich jetzt stehen.

Ein paar Stunden später klingelt Alexanders Telefon, und er braucht eine Ewigkeit, um das Geräusch einzuordnen. Endlich quält er sich aus dem Bett und ans Telefon.

„Alexander? Ich bin's, Chris."

Alexanders verschlafene Gereiztheit verwandelt sich in Angst, als er Chris' Stimme hört.

„Was ist passiert?"

„Du musst so schnell wie möglich ins Krankenhaus kommen. Ben ist verletzt, er wird gerade operiert, und sie wissen nicht, ob er es schaffen wird."

Alexander bekommt keine Luft.

„Alexander? Kommst du?"

„Bin schon unterwegs", presst Alexander hervor und lässt beinahe das Telefon fallen. Noch nie zuvor haben seine Hände so stark gezittert. *Ich kann so nicht fahren. Es ist mitten in der Nacht. Paul ist im Urlaub.*

Er ruft seine Eltern an, und zehn Minuten später ist sein Vater da. Natürlich fragt er nach den medizinischen Details, aber Alexander weiß nichts. Er weiß nur, dass der Mann, den er liebt, vielleicht stirbt. Vielleicht bereits tot ist, wenn er ankommt. Seine Hände hören einfach nicht auf zu zittern.

Als sie im Krankenhaus ankommen, eilt Alexanders Vater auf direktem Weg zur Intensivstation. Die Nachtschwester sieht ihn überrascht an.

„Dr. Senne? Was -"

„Benjamin Godan?"

„Äh, gerade aus dem OP gekommen, Nummer 2."

Bevor sie protestieren kann, sagt Dr. Senne leise, aber bestimmt:

„Er gehört zur Familie", und bedeutet Alexander, ihm zu folgen.

Als sie das Zimmer betreten, steht Chris auf und begrüßt sie leise. Alexander hört nichts von dem, was er seinem Vater erzählt. Er kann den Blick nicht abwenden von Benjamins zerschundenem Gesicht. Er ist so blass, so still. Seine schlanken Hände sind ebenfalls verletzt. Eine Schlägerei? Hat er sich geprügelt? Ist in dem Club was passiert? Alexander lässt sich auf den Stuhl sinken, auf dem Chris gesessen hat, als sie ankamen. Er bekommt kaum mit, dass sein Vater geht, wahrscheinlich, um mit seinem Kollegen zu reden. Was er aber mitbekommt, ist Chris' Hand auf seiner Schulter.

„Was ist passiert?", flüstert Alexander.

„Wir waren im Club. Er wollte an die frische Luft, ich wollte drinnen bleiben. Er geriet in eine Schlägerei, und jemand hat mit einem Messer auf ihn eingestochen."

Alexander fühlt sich, als ob er jeden Moment einen Zusammenbruch erleiden wird. Chris geht neben ihm in die Hocke.

„Alexander? Hast du gehört?"

Er räuspert sich.

„Ja. Was sagen die Ärzte?"

„Sie können nicht viel sagen. Es ist eine Bauchwunde, sein Herz und seine Lunge sind in Ordnung, aber er hat viel Blut verloren und – es kann sein, dass wir zu spät hier waren. Sie sagen, er könnte jeden Moment aufwachen, oder – auch nicht."

Chris steht auf und dreht sich weg. Seine Stimme ist gepresst, als er weiterspricht:

„Er war bewusstlos, als ich ihn gefunden habe. Er war völlig bewegungslos, und blutüberströmt, und weil es Ben war konnte ich mich an nichts von dem erinnern, was ich gelernt habe und habe nicht mal genau hingesehen und ich dachte – ich dachte, ich hätte meinen kleinen Bruder verloren. Kann immer noch jeden Moment passieren."

Zum ersten Mal sieht Alexander Chris an. Benjamins Bruder ist so angespannt, dass er jeden Moment die Kontrolle verlieren könnte. Er ist aschfahl, und seine Hände sind zu Fäusten geballt, seine Fingerknöchel weiß. Chris ist es gewohnt, zu agieren, und hier ist er vollkommen hilflos. Es gibt nicht, was er tun könnte. Seine Kraft, seine Kompetenz, seine Widerstandsfähigkeit – keine seiner Stärken ist hier von Nutzen.

„Danke, dass du mich angerufen hast", sagt Alexander leise.

Chris nickt.

„Kann ich – würdest du mich bitte einen Moment mit ihm allein lassen?"

Eine Sekunde lang sieht es so aus, als ob Chris ihn anschreien würde, aber dann nickt er einfach wieder und geht. Und Alexander kann die Tränen nicht länger zurückhalten. Er greift nach Benjamins Hand und streichelt sanft mit dem Daumen über seine Knöchel.

Aufgeschlagene Fingerknöchel. Weil Benjamin mit der Faust gegen eine Wand geschlagen hatte, immer wieder.

Er hebt den Blick zu Benjamins Gesicht, und es bereitet ihm körperliche Schmerzen, ihn so zu sehen. Die Wucht, die es brauchte, um sein Gesicht so zuzurichten, lässt Alexander schlucken. Er schmeckt Galle. *Eine Hirnverletzung! Chris hat nichts über eine Hirnverletzung gesagt, oder?!*

„Ben, bitte", flüstert er und streicht mit den Fingerspitzen über Benjamins Schläfe.

„Ich bin hier. Bitte wach auf und sieh mich an. Bitte?"

Keine Reaktion. Alexander fängt an zu lachen, ein hysterisches Lachen, als ihm klar wird, dass er sich nicht an die Farbe von Benjamins Augen erinnern kann. Natürlich sind sie blau, aber wie genau sehen sie aus? Er weiß es nicht mehr, und das macht ihn wahnsinnig. Emotionaler Zusammenbruch. Genau das passiert hier. Er ist dabei, die Kontrolle zu verlieren.

Kapitel 27

Weder Chris noch Alexander sind gewillt, das Krankenhaus zu verlassen, deshalb nimmt Dr. Senne ihnen das Versprechen ab, abwechselnd ein wenig zu schlafen. Alexander umarmt ihn stumm zum Abschied.

„Sag Bescheid, wenn ihr was braucht."

Alexander nickt.

„Danke", murmelt Chris.

Der Morgen bricht an und bringt keine Veränderung. Die Ärzte sehen besorgt aus, sagen aber nicht viel. Chris ist so rastlos, dass Alexander ihn schon beinahe gewaltsam zu einem kurzen Spaziergang zwingt. Keine Veränderung. Am Nachmittag fährt Alexander kurz nach Hause, um zu duschen und sich umzuziehen, in panischer Angst, dass etwas passieren könnte, während er weg ist. Aber als er wiederkommt, hat sich nichts verändert. Chris und er entwickeln eine Routine aus dösen, kurzen Spaziergängen um das Krankenhaus, Kaffee und Wache halten. Alexander redet mit Benjamin, leise und zärtlich. Einmal liest er ihm ein paar Sonette vor. Chris starrt die ganze Zeit über einfach nur Benjamins Gesicht an, als ob er ihn Kraft seines bloßen Willens zwingen will, die Augen zu öffnen. Nichts hilft. Die Zeit steht still. Sie reden nicht viel, tauschen nur erschöpfte, schmerzerfüllte Blicke. Es gibt nichts zu sagen. Sie überstehen eine weitere Nacht.

Es dämmert, und Alexander schläft gerade, als sich endlich etwas tut.

„Alexander", sagt Chris leise.

Alexander setzt sich auf, und dann hastet er an Benjamins Bett. Es dauert eine Ewigkeit, aber schließlich macht Benjamin die Augen auf – so gut es geht.

„Alexander", murmelt er. „Der Wichser hat mich erwischt."

„Was? Wer?", will Chris wissen.

Benjamin schließt die Augen wieder.

„Lange Geschichte."

Alexander wird schlecht.

„Was? Willst du damit sagen, dass – Brunner?"

Benjamin nickt beinahe unmerklich.

„Wer ist Brunner?!"

„Wie er schon sagte, lange Geschichte."

„Alexander, ich schwöre, wenn du weißt, wer das war und es mir nicht sofort sagst -"

„Bitte", flüstert Benjamin, „tu jetzt nichts Unüberlegtes. Schafft mir die Polizei her. Ich will eine Aussage machen. Sie werden den Wichser kriegen und verdammt lang wegsperren. Soll er doch im Gefängnis verrecken. Hoffentlich fickt ihn da jemand so richtig hart."

Chris sieht Alexander über Benjamins Kopf hinweg an. In seinen Augen steht die blanke Mordlust.

„Scheiß auf die Polizei. *Ich* werde mich um ihn kümmern. Dann ist es ein für alle Mal erledigt."

Alexander schüttelt den Kopf.

„Ben hat Recht. Das ist es nicht wert."

Er sieht Benjamin nachdenklich an.

„Ich schätze, die Polizei will sowieso mit dir reden, sobald die Ärzte grünes Licht geben."

Stille senkt sich über den Raum, während Alexander und Benjamin sich ansehen. Chris räuspert sich.

„Ich hole den Arzt."

Als sie allein sind, nimmt Alexander Benjamins Hand.

„Du hast mich zu Tode erschreckt."

„Tut mir leid."

„Ich liebe dich so sehr, dass ich nicht mal – wenn ich dich verloren hätte -"

Benjamin drückt Alexanders Hand.

„Hast du ja nicht. Ich bin tough."

Alexander lacht leise. Das Lachen geht in Schluchzen über.

„Kann ich dich bitte küssen?"

„Vorsicht."

Alexander beugt sich zu ihm und küsst Benjamins Mundwinkel, Wange und Schläfe. Benjamins Augen fallen zu.

„Das fühlt sich gut an."

Brunner wird noch am selben Tag verhaftet. Ein Zeuge im Club hat gesehen, wie er Benjamin nach draußen gefolgt ist. Auf Grund ihrer Vorgeschichte gilt Benjamins Aussage als glaubwürdig: Brunner hat ihn an der Hintertür des Clubs brutal attackiert und gesagt, er hätte es sich selbst zuzuschreiben. Auge um Auge, nur, dass *du* das hier nicht überleben wirst', ist das letzte, woran Benjamin sich erinnert, bevor er das Bewusstsein verlor.

Es dauert, aber Benjamin wird wieder ganz gesund. Für seinen ersten Arbeitstag haben seine Schüler das Klassenzimmer dekoriert. Er will nicht darüber reden, was passiert ist, aber die Kids wissen es sowieso. Immer wieder fragen sie, ob es ihm wirklich wieder gut geht, und ihr Benehmen ist vorbildlich.

Der Alltag kehrt wieder ein – bis auf Benjamins Alpträume. Inzwischen weiß Alexander, worum es dabei geht. Benjamin träumt, dass er gewürgt wird, oder mit einem Messer verletzt, unfähig, sich zu bewegen oder sich zu verteidigen, und immer schwingt die furchtbare, lähmende Drohung mit, missbraucht zu werden.

Am schlimmsten ist es in der Nacht, bevor Benjamin bei Gericht erscheinen muss. Er wacht schweißgebadet auf, jeder Muskel seines Körpers ist angespannt, und er zittert. Alexander schlägt ein heißes Bad vor, aber Benjamin reagiert kaum.

„Ben? Bitte!"

Alexander schafft es, ihn ins Bad und in die Wanne zu bugsieren. Er zögert einen Augenblick, aber dann setzt er sich hinter Benjamin und fängt an, seinen Nacken und seine Schultern zu massieren, und schließlich entspannt Benjamin sich ein wenig. Er lehnt sich an Alexanders Brust und atmet aus.

„Das hier ist echt jämmerlich, Alex."

„Ich kann mir nicht mal annähernd vorstellen, wie du dich fühlen musst. Aber es ist fast vorbei."

„Ich habe Angst vor ihm", sagt Benjamin, und es klingt fast überrascht. Als ob es ihm gerade erst klargeworden ist. „Ich weiß, dass er sitzt, und dass er so schnell nicht wieder rauskommt, wenn er erst mal verurteilt ist – wenn überhaupt. Und trotzdem mache ich mir in die Hosen bei dem Gedanken, im selben Raum sein zu müssen. Jämmerlich."

„Er hätte dich beinahe umgebracht, Ben. Hat dich bedroht. Zweimal. Beim ersten Mal wäre er fast damit durchgekommen. Natürlich hast du Angst! Du machst dir Sorgen, er könnte diesmal damit durchkommen. Dir wieder weh tun."

Benjamin erstarrt. Er schluckt.

„Kann er nicht, oder? Sie sperren ihn weg?"

Alexanders Kehle ist wie zugeschnürt. Er schlingt die Arme um Benjamin.

„Ja, das werden sie. Er kann dir nie wieder etwas antun."

Lange Zeit sagt Benjamin gar nichts. Dann atmet er durch.

„Ich wünschte, Chris könnte hier sein."

„Ich weiß. Tut mir leid, dass das nicht geht."

Chris ist im Einsatz, vermutlich im Ausland. Benjamin hat seit Wochen nicht mit ihm geredet.

„Wo ist der große Bruder, wenn man ihn mal braucht?", sagt Benjamin, aber ein Lächeln schwingt in seiner Stimme mit.

„Kümmert sich woanders um Sachen", antwortet Alexander. Es ist ein Running Gag. Chris mag die offiziellen Sprachregelungen nicht, er sagt, sie erinnern ihn an Bond-Filme. Er nennt es lieber ‚sich um Sachen kümmern'.

„Gut, dass *du* hier bist und dich um *mich* kümmerst."

„Jederzeit", murmelt Alexander.

Kapitel 28

Als der Prozess vorbei und Brunner verurteilt ist, kommt Benjamin langsam zur Ruhe. Er schläft besser und atmet freier, und schließlich hört Alexander auf, ihn wie ein rohes Ei zu behandeln.

„Ich finde, wir haben Urlaub verdient", sagt Alexander eines Abends.

Benjamin sieht von seinem Buch auf.

„Stimmt. Wir waren kurz davor, nach Südfrankreich zu fahren..."

„Soll ich meine Eltern fragen, ob wir in den Sommerferien das Haus haben können?"

Benjamin lächelt ihm zu.

„Klingt gut. Oh, aber sie wollen doch sicher selber im Sommer hin, oder?"

„Lässt sich herausfinden."

Alexander steht auf und will zum Telefon greifen, aber Benjamin hält ihn fest.

„Warte mal. Wir könnten auch – alle gemeinsam fahren."

Alexander sieht ihn überrascht an.

„Bist du sicher, dass du das willst?"

„Du nicht?"

Alexander beugt sich zu ihm hinunter und gibt ihm einen sanften Kuss.

„Das wäre wunderschön. Ich mache mir nur Sorgen, ob du so viel Familie aushältst."

Benjamin schenkt ihm ein offenes, glückliches Lächeln, eines von der Sorte, das seine Augen zum Leuchten bringt.

„Deine Familie ist toll. Ich habe jede Menge Familie nachzuholen...ich würde *gerne* mit ihnen Urlaub machen."

Alexander erwidert das Lächeln und küsst ihn gleich nochmal.

„Okay. Einmal Familienurlaub an der Côte d'Azur. Kommt sofort."

Alexanders Eltern sind ebenfalls etwas überrascht von Benjamins Vorschlag, aber sie freuen sich. Und so fliegen sie kurz darauf zu viert nach Südfrankreich. Als sie ankommen, schließt Alexander die Augen und atmet tief ein. Seine Mutter lächelt ihm zu.

„Du warst ewig nicht hier."

„Aber ich erinnere mich gut. Es riecht nach Côte d'Azur."

Benjamin greift nach seiner Hand und sie sehen sich an.

„Willkommen in meiner zweiten Heimat", grinst Alexander und dreht sich zu seiner Mutter um. „*Warum* war ich ewig nicht hier, Mama?"

Rahel Senne zuckt die Achseln.

„Uncool, vermutlich."

„Vermutlich hast du ewig keinen Urlaub gemacht", sagt Benjamin.

Alexanders Vater brummt zustimmend.

Alexander legt Benjamin den Arm um die Schultern.

„Stimmt. Also ist es höchste Zeit für ein bisschen Savoir-**vivre**."

Ein alter Freund der Familie holt sie am Flughafen ab und bringt sie zu ihrem Haus. Während Alexanders Eltern Fenster öffnen und Koffer verstauen, zeigt Alexander Benjamin das Haus. Am Pool bleibt Benjamin stehen. Das Haus liegt am Hang, so dass man von der Terrasse aus auf den Ort und das Meer sieht.

„Das ist unglaublich, Alex. So, so schön."

Alexander nimmt ihn von hinten in den Arm und legt das Kinn auf seine Schulter.

„Kleine Überraschung meiner Eltern: sie reisen vor uns wieder ab. Die letzten Tage gehört das alles hier nur uns beiden."

Benjamin dreht sich in Alexanders Armen um.

„Was? Das müssen sie nicht!"

„Sie wollten es aber gern. Und ich finde, es ist eine gute Idee. Nur du und ich, Sonne, Strand und Pool. Lass mich das genießen. Mit dir."

Benjamin küsst ihn, lang und hingebungsvoll. Der Kuss wird von einem amüsierten Hüsteln beendet.

„Sollen wir *direkt* wieder abreisen?", grinst Ulrich Senne.

Benjamin wird rot.

„Natürlich nicht!"

Jetzt tritt auch Alexanders Mutter auf die Terrasse.

„Ich weiß nicht, wie es euch geht, aber ich habe Hunger. Essen gehen in einer Stunde?"

Sie verbringen wunderschöne Tage am Strand und auf der Terrasse, gehen abends essen oder kochen gemeinsam, laden ihre Nachbarn ein und werden eingeladen. Als Rahel und Ulrich schließlich ihre Koffer wieder packen, verabschieden sie sich mit einem lachenden und einem weinenden Auge voneinander.

„Vielen Dank für alles", sagt Benjamin, als er Rahel umarmt.

„Gern geschehen. Genießt den Rest eures Urlaubs, ihr habt es wahrlich verdient. Wir sehen uns zuhause!"

Und dann sind sie tatsächlich allein. Sie sitzen auf der Terrasse, trinken Wein und beobachten den Sonnenuntergang über dem Meer, und irgendwann steht Benjamin auf und springt in den Pool.

„Ich wollte schon immer mal nachts in einem Pool schwimmen. Im Hotel lassen sie einen ja nie!"

Alexander grinst und sieht ihm zu, sein fast leeres Weinglas in der Hand. Benjamin zieht seine Bahnen, ruhig und kraftvoll, und Alexander kann sich nicht erinnern, jemals in seinem Leben glücklicher gewesen zu sein. Irgendwann macht Benjamin Pause, legt die Arme auf den Rand des Pools und sieht zu Alexander auf.

„Komm rein!"

„Viel zu kalt."

„Pussy", schnaubt Benjamin verächtlich und spritzt ihn nass.

„Hey!"

Alexander stellt sein Glas ab und springt in den Pool, und das nachfolgende Gerangel endet natürlich in einem leidenschaftlichen Kuss.

„Ist wirklich kalt", beschwert sich Alexander nach kürzester Zeit.

„Du musst dich bewegen!"

„Ich würde mich lieber woanders bewegen."

Benjamin schmunzelt und küsst ihn nochmal.

„Okay, okay. Überzeugt. Wie wär's mit einer heißen Dusche und einem bequemen Bett?"

Alexander schließt die Augen.

„Hmmm. Klingt gut. Sehr gut."

Kurze Zeit später liegen sie im Bett und sehen sich an.

„Darauf habe ich die ganze Zeit gewartet", murmelt Alexander. „Nur du und ich."

Sie küssen sich, zärtlich und hingebungsvoll. Das Haus gehört ihnen, sie brauchen keine Rücksicht zu nehmen, können sich gehen lassen, haben alle Zeit der Welt. Alexanders Lippen wandern über Benjamins warme Haut, und beide genießen in vollen Zügen.

Am nächsten Abend gehen sie essen, und danach noch auf ein paar Drinks in eine Bar. Benjamin ist vollkommen entspannt und zeigt seine Gefühle ganz offen, und Alexander könnte nicht glücklicher sein. Bis er angerempelt wird. Drei Männer Ende Zwanzig bauen sich bedrohlich vor ihnen auf. Benjamins Französisch reicht nicht, um den Wortlaut zu verstehen, aber die Bedeutung ist eindeutig. Sie sind offensichtlich der Meinung, Benjamin und Alexander hätten in „ihrer" Bar nichts verloren. Alexander versucht, die Situation zu entschärfen, aber das bringt die Drei nur noch mehr auf, und plötzlich schlägt der Wortführer zu. Alexander geht zu Boden – und Benjamin sieht rot. In den wenigen Minuten, die das Personal der Bar braucht, um die Security zu verständigen, teilt er aus – und steckt ein. Die Security-Leute schreiten ein, und die drei Typen werden vor die Tür gesetzt. Alexanders Lippe blutet. Benjamin sieht wesentlich schlechter aus, weigert sich aber, ins Krankenhaus zu gehen. Beide wollen einfach nur nach Hause. Ein Mitarbeiter der Bar ruft ihnen ein Taxi – kleine Entschädigung, es tut ihm sehr leid – und sie fahren schweigend zurück. Alexander verschwindet direkt im Bad. Benjamin lässt sich aufs Bett fallen und schließt die Augen.

Als Alexander wenig später aus dem Bad kommt und wortlos ins Bett schlüpft, sieht Benjamin ihn an.

„Du siehst das als einen Rückfall in alte Muster, oder? Wahrscheinlich hätte ich mich beherrschen sollen, auf die Security warten, aber -"

Er fährt sich durch die Haare.

„Ich weiß, du willst so was lieber mit Worten lösen. Es tut mir leid, okay?"

Alexander reagiert nicht. Benjamin fühlt sich furchtbar.

„Sag bitte was."

Alexander schluckt.

„Das ist es nicht. Du hast nichts falsch gemacht."

„Warum redest du dann nicht mit mir?"

Endlich sieht Alexander ihn an, und in seinen Augen stehen Tränen.

„Weil ich nicht weiß, was ich sagen soll. In meinem Kopf überschlagen sich die Gedanken. Ich fühle mich vollkommen überfahren. Überfordert, nutzlos, und -"

Benjamin hebt die Augenbrauen – und zuckt zusammen. Alexander sieht ihn erschrocken an.

„Oh Gott, ich habe nicht mal gefragt, wie's dir geht! Bist du sicher, dass du keinen Arzt brauchst?"

Benjamin schüttelt den Kopf.

„Eine Dusche, zwei Paracetamol und ein bisschen Schlaf."

Alexander sieht ihn einen Moment lang unsicher an.

„Okay, wenn du meinst?"

„Ist nicht mein erstes Rodeo."

Es klingt schnippischer, als Benjamin beabsichtigt hatte. Er atmet tief durch.

„Sorry. Bin gleich wieder da."

Unter der Dusche schließt er die Augen und lässt das warme Wasser über sein Gesicht laufen. Mit dem Blut wäscht er auch einen Teil seiner Wut und Verunsicherung ab, und die Schmerzen lassen etwas nach. Er sehnt sich nach Alexanders Berührung. Die merkwürdige Stimmung zwischen ihnen schnürt ihm die Kehle zu. Als er gerade das Wasser abgedreht hat, klopft es, und Alexander steckt den Kopf zur Tür herein.

„Kann ich reinkommen?", fragt er leise.

„Natürlich!"

Benjamin wickelt sich ein Handtuch um die Hüften, und Alexander geht auf ihn zu. Sein Blick ist gesenkt. Es dauert einen Moment, bis er Benjamin ansieht. Aber dann streckt er die Hand aus und berührt vorsichtig Benjamins Wange, seine Stirn, Schläfe, Unterlippe – all die kleinen Verletzungen. Benjamin bemüht sich, nicht zu zucken. Alexanders Blick hängt an seinem Mund.

„Kann ich – ich würde dich gern küssen."

Benjamin unterdrückt ein Schluchzen und nickt. Alexander schließt die Augen und küsst ihn vorsichtig. Offensichtlich hat er vergessen, dass seine eigene Lippe auch eingerissen ist, denn er gibt einen überraschten Laut von sich, der Benjamin zum Schmunzeln bringt. Er lehnt die Stirn gegen Alexanders und zieht ihn an sich.

„Was ist los mit dir?", flüstert er.

Und dann kann Alexander sich nicht mehr beherrschen. Er presst Benjamin an sich und vergräbt das Gesicht in seiner Halsbeuge. Benjamin streichelt seinen Rücken und redet leise auf ihn ein. Schließlich beruhigt Alexander sich soweit, dass sie sich voneinander lösen können. Benjamin nimmt sein Gesicht in beide Hände, küsst ihn zärtlich und sagt dann:

„Lass uns schlafen gehen. Ich bin stehend K.O."

Alexander zögert kurz, aber dann nickt er.

Als sie im Bett liegen, dreht Alexander sich zu Benjamin um.

„Ich weiß, du bist müde, aber ich würde trotzdem gern versuchen, es zu erklären."

Benjamin nickt. Alexander dreht sich wieder auf den Rücken und sieht zur Decke.

„Es ist – kompliziert. Ich war sauer, dass sie uns den Abend verdorben haben. Hatte Angst, dass es den ganzen Urlaub verdirbt. Es tut mir leid, dass es *hier* passiert ist. Du wärst nicht hier, wenn ich nicht hätte herkommen wollen. Und ich war so hilflos. So was ist mir schon so lange nicht mehr passiert, und ich war wie gelähmt. Und ich wollte nicht, dass du dich für mich prügelst."

Benjamin verzieht das Gesicht.

„Ich weiß. Du hast ja Recht."

„Nein, ich meine – sollte ich nicht selber in der Lage sein, mich zu verteidigen?"

Er sieht Benjamin an. Der lächelt ein bisschen verschmitzt.

„Ich würde mich jederzeit wieder für dich schlagen."

Alexanders Gesichtsausdruck ist nicht zu deuten. Er sieht wieder nach oben.

„Das ist glaube ich das größte Problem bei dem Ganzen."

„Hm?"

„Ich – will mir nicht eingestehen, dass –"

Er seufzt und sieht Benjamin direkt in die Augen.

„Es hat mir gefallen."

Benjamin ist sprachlos.

„Zu sehen, dass du in der Lage bist, mich zu verteidigen. So bescheuert es klingt, aber das fühlt sich gut an. Das – ist heiß."

Seine Stimme ist so leise, dass Benjamin ihn kaum versteht.

„Dich kämpfen zu sehen, war heiß."

Ein Grinsen breitet sich auf Benjamins Gesicht aus, und es interessiert ihn kein bisschen, dass seine Lippe dabei wieder aufreißt.

„Schön, dass du dich so gut amüsierst!", schmollt Alexander.

Benjamin lacht leise und zieht ihn an sich.

„Das zuzugeben, muss dir wahnsinnig schwergefallen sein. Vermutlich gibt es eine sehr gute psychologische Erklärung dafür. Ich schätze, das Stichwort heißt Dominanz. Aber ist ja auch egal. Fakt ist, dass ich alles für dich tun würde und mir völlig egal ist, ob ich mir dabei eine blutige Nase hole."

„Ist das nicht ziemlich armselig? Dass ich gerettet werden muss, meine ich."

„Alex, das ist nicht deine Welt. Du bist zu gut für so was."

„Und du nicht?"

Benjamin zuckt mit den Schultern. Alexander küsst ihn mit Hingabe.

„Danke. Dass du's tust, wenn es sein muss. Ich hoffe, es muss nie wieder sein, aber es – fühlt sich gut an, zu wissen, dass du's kannst. Sicher. Geborgen."

Benjamin lächelt ihm zu und erwidert den Kuss.

„Gift für mein Ego", fügt Alexander mit einem theatralischen Seufzer hinzu, und sie müssen beide lachen.

„Gute Nacht", sagt er kurz darauf und küsst Benjamin ein letztes Mal.

„Gute Nacht", antwortet Benjamin mit einem glücklichen Lächeln, schon halb im Schlaf.

Kapitel 29

Einige Wochen nachdem sie wieder in Deutschland angekommen sind, ist es so weit – Benjamins Vater kann nicht mehr allein in seinem Haus leben. Es geht einfach nicht mehr, sagen die Mitarbeiter des Pflegedienstes. Er redet mit dem Arzt seines Vaters, und der gibt ihnen Recht. Benjamins Vater braucht Pflege und Beaufsichtigung rund um die Uhr.

„Ich nehme an, weder Sie noch Ihr Bruder können und wollen das leisten, oder?"

Benjamin schüttelt den Kopf. Die Vorstellung, den ganzen Tag mit seinem Vater zusammen zu sein, dreht ihm den Magen um. Und gleichzeitig hat er ein schlechtes Gewissen. Egal wie oft er in seinem Leben den Satz ‚Er ist nicht mein Vater' gesagt oder gedacht hat – so einfach ist es nicht.

„Mein Bruder ist im Einsatz, ich werde das alleine entscheiden müssen. Vater wird sich mit Händen und Füßen wehren."

„Soll ich mit ihm reden?"

Benjamin atmet auf.

„Bitte. Vielleicht hört er auf Sie. Auf mich hört er ganz sicher nicht."

Benjamin findet einen Platz, und sein Vater gibt widerwillig sein Einverständnis. Direkt nachdem er ihn hingebracht hat, fährt Benjamin zu Alexander, geht wortlos ins Wohnzimmer und bricht auf der Couch zusammen. Alexander geht neben ihm in die Hocke.

„So schlimm?"

„Du hättest ihn hören sollen. Immer wieder hat er gesagt 'Wenn Christoph hier wäre, würde er das nie zulassen!', und dass ich kein Recht hätte, ihm das anzutun. Dass ich es hinter dem Rücken seines Sohnes tun würde, um ihm sein Haus wegnehmen zu können. Chris würde kommen, um ihn zu befreien, und dann würde ich bekommen, was ich verdiene."

„Er ist dement, Ben. Er weiß nicht mehr, was er da sagt."

„Kein großer Unterschied zu den Sachen, die er so er gesagt hat, als er noch vollkommen klar war."

Die Bitterkeit in Benjamins Stimme bricht Alexander das Herz.

„Was kann ich tun?"

Benjamin schüttelt nur erschöpft den Kopf.

„Nichts. Es ist besser so. Es gibt keinen anderen Weg."

Und dann ist Chris endlich einmal wieder zu Hause. Irgendetwas ist gefährlich nah an seinem Gesicht explodiert. Sein Auge wurde operiert, aber die Ärzte sagen, er werde wieder normal sehen können. Allerdings muss er noch Medikamente nehmen, deshalb hat er das Bier, das Benjamin ihm spendieren wollte, zugunsten von Cola ausgeschlagen. Benjamin findet das witzig, was wahrscheinlich daran liegt, dass er selbst bereits beim dritten ist. Sie reden über ihren Vater, aber bald will Benjamin das Thema wechseln, und so landen sie bei Angie. Sie hat einen neuen Job und wird zurückkommen.

„Du warst damals ziemlich scharf auf sie, aber das hat sich ja jetzt wohl erledigt, oder?", sagt Chris mit einem etwas anzüglichen Grinsen.

„Ja. Aber ich finde sie immer noch super. Außerdem stand *sie* damals auf *dich*, das weißt du schon, oder?"

Chris verschluckt sich an seiner Cola.

„Bitte was?!"

„Ach komm schon. Sie hat mich nicht mal wahrgenommen, weil sie viel zu sehr damit beschäftigt war, dich anzuschmachten!"

Chris wird ganz still.

„Du hast es wirklich nicht gewusst, oder?", fragt Benjamin sanft.

„Nein. Ich dachte – ich war mir ehrlich gesagt nicht sicher, ob sie überhaupt auf Männer steht. Sie war immer so tough, fast einer von den Jungs."

„Aber du magst sie."

Chris wird ein bisschen rot.

„Na ja, anscheinend muss man heutzutage beim Umzug helfen, um ein Date zu kriegen. Habe ich gehört", grinst Benjamin.

Den Rest des Abends sagt Chris nicht mehr viel, aber ein paar Tage später bekommt Benjamin eine kryptische Nachricht von Angie, die sich so anhört, als ob sein großer Bruder sich einen Ruck gegeben hat. Benjamin grinst in sich hinein, als er die Nachricht ein zweites Mal liest. Sehr gut. Die Beiden würden hervorragend zusammenpassen.

Chris' und Angies Vielleicht-oder-vielleicht-auch-nicht-Beziehung läuft seit drei Wochen, sehr zu Benjamins Vergnügen – denn er bekommt regelmäßig Anrufe und Nachrichten von beiden Seiten – als er einen Anruf bekommt, der ihm das Blut in den Adern gefrieren lässt. Es ist das Heim, und sie sagen ihm, er solle so bald wie möglich kommen. Chris sei bereits auf dem Weg. Es ist ernst. Benjamin rührt sich nicht, das Handy immer noch in der Hand. Ohne auch nur nachzudenken schreibt er an Alexander:

„Mein Vater stirbt."

Verspätet wird im klar, dass Alexander wahrscheinlich in einer Therapiesitzung ist und nicht auf sein Handy schauen wird. Er denkt kurz darüber nach, ihn auf der Praxisnummer anzurufen, tut es dann aber doch nicht. Er schindet Zeit. Er will nicht alleine gehen. Dann atmet er tief durch. *Chris ist bestimmt schon da.*

Chris sitzt am Bett ihres Vaters, als Benjamin eintrifft. Er steht auf und umarmt ihn.

„Wie sieht es aus?", fragt Benjamin, ohne seinen Vater anzusehen.

„Er ist nicht ansprechbar, aber sie sagen, dass er ab und zu helle Momente hat, also wer weiß..."

Benjamin zieht einen Stuhl heran und setzt sich auf die andere Seite des Bettes, und zusammen warten sie auf einen dieser Momente. Es gibt nur noch einen einzigen.

Etwas an der Atmosphäre im Raum hat sich geändert. Benjamin blickt auf und stellt fest, dass sein Vater ihm direkt in die Augen sieht.

„Benjamin."

Chris richtet sich auf, als er die leise, brechende Stimme seines Vaters hört. Der wendet sich ihm zu.

„Christoph."

Die Brüder sehen sich an. Chris steht auf und geht um das Bett herum. Die Hände auf Benjamins Schultern gelegt bleibt er stehen.

„Vater."

„Ihr seid hier. Ihr seid beide hier. Meine Söhne."

Benjamins Augen werden feucht. Chris' Hände auf seinen Schultern drücken kurz zu.

„Wie fühlst du dich?", fragt Chris.

„Müde. Ich bin so unglaublich müde."

Er sieht Benjamin an.

„Lässt du uns bitte kurz allein?"

Benjamins Kehle ist wie zugeschnürt. Die vielleicht letzten Augenblicke im Leben ihres Vaters, und er soll nicht dabei sein. Er will aufstehen, aber Chris lässt ihn nicht.

„Christoph", sagt ihr Vater nur, und plötzlich ist er wieder ganz Offizier.

Benjamin schüttelt Chris' Hände ab und flüchtet.

Er geht nicht weit. Er sollte gehen, das Heim hinter sich lassen, den Vater, der ihn selbst jetzt nicht akzeptiert, aber er kann nicht. Es ist armselig, aber insgeheim hofft er noch immer auf die Liebe seines Adoptivvaters. Er setzt sich auf einen Stuhl im Gang und lehnt den Kopf an die Wand. Er weigert sich zu weinen, aber es kostet ihn seine ganze Kraft. Und dann sitzt Chris plötzlich neben ihm.

„Er möchte alleine mit dir reden", sagt er leise.

Benjamin starrt ihn an.

„Was?"

„Er wollte einen Moment mit mir allein, und jetzt möchte er das gleiche mit dir. Es tut mir leid, dass er das nicht gleich gesagt hat, Ben."

Jetzt laufen Benjamin doch die Tränen über die Wangen.

„Ich kann das nicht."

„Doch. Kannst du. Ich bin gleich hier um die Ecke."

Benjamin macht ein paar tiefe Atemzüge und wischt sich die Tränen ab. Chris nickt ihm zu.

„Ich bin hier."

Als Benjamin das Zimmer seines Vaters wieder betritt, wartet der schon auf ihn. Benjamin setzt sich, unfähig, seinem Vater in die Augen zu sehen.

„Benjamin", sagt sein Vater leise, „ich bin so froh, dass du hier bist. Ich dachte du kommst nicht."

Benjamin weiß nicht, was er dazu sagen soll.

„Ich war dir kein guter Vater, das weiß ich. Mit Christoph war es immer so einfach, er ist wie ich. Mit dir – ich wusste nie, wie ich mit dir reden soll. Und du erinnerst mich so sehr an deine Mutter, dass es kaum auszuhalten ist."

„Vater", Benjamin schluckt und rückt seinen Stuhl näher ans Bett.

„Es tut mir leid, Benjamin. Ich weiß wie viel ich falsch gemacht habe, und es tut mir leid."

Sie sehen sich an, und Benjamin beginnt zu lächeln. Sie reden nicht mehr viel, aber *was* sie sich zu sagen haben, ist überfällig.

Schließlich lässt Benjamins Vater sich ins Kissen sinken und schließt die Augen.

„Holst du deinen Bruder bitte wieder rein?"

Gemeinsam sitzen die Brüder am Bett ihres Vaters, und das letzte, was ihr Vater in seinem Leben sagt, ist:

„Ich liebe euch, meine Söhne."

Als alles vorbei ist, setzen sich die Brüder auf eine Bank im Park hinter dem Heim. Benjamin ist aufgewühlt, und sein Kopf ist wie leergefegt. Sie reden über die Beerdigung. Und dann entsteht eine lange Pause. Benjamin schluckt.

„Es tut mir leid, dass ich nicht bei Mutters Beerdigung war."

„Du warst im Gefängnis."

Benjamin sieht auf seine Schuhe.

„Sie hätten mich teilnehmen lassen. Zwei Beamte und Handschellen, aber ich hätte da sein können."

Chris starrt ihn an.

„Warum warst du dann nicht da?!"

„Vater wollte mich nicht dabeihaben. Du wahrscheinlich auch nicht. Du hattest wegen mir deine Mutter verloren."

„*Wir* haben *unsere* Mutter verloren, Ben!"

Benjamins Stimme klingt halb erstickt.

„Ich hatte kein Recht, dort zu sein. Es war meine Schuld, dass sie gestorben ist."

„Nein, war es nicht. Wir werden nie erfahren, was genau passiert ist, bevor sie losgefahren ist, warum sie den Unfall hatte. Hör auf, dir die Schuld zu geben."

Chris wendet sich Benjamin zu.

„Ich hätte dich *gerne* dabeigehabt, Ben. Vater war völlig aufgelöst, so hatte ich ihn noch nie gesehen. Und ich hatte gerade meinen besten Freund verloren, bei einem Einsatz, an dem er gar nicht hätte teilnehmen sollen."

Sein Atem stockt.

„Ich hätte die Unterstützung meines Bruders gebraucht."

Benjamin kann es nicht fassen. Und dann beginnt er zu weinen.

„Es tut mir leid", sagt er. „Es tut mir leid, Chris. Dass ich nicht da war. Dass ich es nicht mal versucht habe. Dass du dir meinetwegen Sorgen machen musstest, und wegen Vater, während du im Einsatz warst. Es tut mir leid, dass ich dir kein Bruder gewesen bin."

Chris schüttelt den Kopf. Er hat ebenfalls Tränen in den Augen und zieht Benjamin an sich.

„Du warst immer mein Bruder, und das wirst du auch immer bleiben. Du bist alles, was ich noch habe, Ben."

Als Benjamin nach Hause kommt, steht Alexander auf und schließt ihn einfach nur in die Arme.

„Es tut mir so leid, Ben."

Lange stehen sie so, und dann führt Alexander Benjamin ins Wohnzimmer, den Arm noch immer um seine Taille gelegt. Benjamin ist eine Waise, zum zweiten Mal in seinem Leben. Und Alexander weiß nicht, was er sagen soll. Sie setzen sich, und Benjamin schmiegt sich an ihn, sucht seine Berührung. Nach einiger Zeit legt er sich hin, den Kopf in Alexanders Schoß, die Augen geschlossen.

„Er ist nicht mehr da. Die ganze Wut und all die Verletzungen, und jetzt, wo er nicht mehr da ist...bevor er gestorben ist...habe ich ihm noch gesagt, dass mir klargeworden ist...dass sie mir ein gutes Leben ermöglicht haben. Ich bin froh, dass ich das noch sagen konnte. Bevor es zu spät war."

Alexander wartet einfach nur ab. Benjamin öffnet mit einem Seufzen die Augen.

„Ich weiß, du kannst es kaum erwarten, mir jede Menge kluger Fragen zu stellen, die mir letztendlich helfen werden, meinen Vaterkomplex zu verarbeiten, aber...ich kann jetzt noch nicht darüber reden, okay? Kann ich einfach nur in deinen Armen schweigen?"

Zutiefst berührt beugt Alexander sich hinunter und küsst ihn auf die Stirn.

„Alles, was du willst, Ben. Was auch immer du brauchst."

FSC
www.fsc.org
MIX
Papier | Fördert
gute Waldnutzung
FSC® C083411

Zeitfracht Medien GmbH
Ferdinand-Jühlke-Straße 7
99095 Erfurt, Deutschland
produktsicherheit@kolibri360.de